MAURICE BOUCHOR

DÉPOT LÉGAL
Seine et Oise
N° 42
1901

Noël

ou

LE MYSTÈRE DE LA NATIVITÉ

NOUVELLE ÉDITION

I0564848

PARIS

ERNEST FLAMMARION, ÉDITEUR

26, RUE RACINE, 26

1901

Noël

ou

LE MYSTÈRE DE LA NATIVITÉ

8°Yth
29550

DÉPÔT LÉGAL
Seine-et-Oise

DU MÊME AUTEUR

A LA LIBRAIRIE FLAMMARION

26, rue Racine, 26

Tobie, pièce... 2 fr.

Tobie, partition....................................... 1 fr.

Le mariage de Papillonne, pièce....................... 1 fr. 50

Le mariage de Papillonne, partition................... 1 fr.

La première vision de Jeanne d'Arc, pièce............. 2 fr.

La première vision de Jeanne d'Arc, partition......... 2 fr.

AU MÉNESTREL, HEUGEL, ÉDITEUR

2 bis, rue Vivienne, 2 bis

ILLUSTRATIONS MUSICALES POUR LES CONTES DE PERRAULT
et autres histoires merveilleuses

Musique de Gluck, Mozart, Rameau, Lulli, etc.

Première série : La Belle au bois dormant, Barbe-Bleue, le petit Chaperon Rouge.................................. 2 fr.

Deuxième série : Riquet a la Houppe, les Fées, Cendrillon... 2 fr.

Troisième série : Le Petit Poucet, le Chat Botté........... 2 fr.

Quatrième série : Peau d'Ane, la Belle et la Bête, l'Oiseau Bleu, les Souhaits ridicules........................... 3 fr.

CHEZ SIMON SINÉ

40, rue Monge, 40

Floréal, chœur, musique de Beethoven.................. 0 fr. 25

Le chant du Bucheron, mélodie populaire............... 0 fr. 15

La chanson des Maréchaux, mélodie populaire........... 0 fr. 15

11071-00. — Corbeil. Imprimerie Ed. Crété.

Noël

OU

LE MYSTÈRE DE LA NATIVITÉ

DÉPÔT LÉGAL
Seine & Oise
N° 42
1901

NOUVELLE ÉDITION

PARIS

ERNEST FLAMMARION, ÉDITEUR

26, RUE RACINE, 26

1901

PRÉFACE

BIBLIOTHÈQUE NATIONALE · R.F · IMPRIMÉS

La présente édition du *Mystère de la Nativité* est conforme à la précédente, sauf quelques coupures faites dans le prologue. On y a joint, outre cette préface, des *Indications pratiques* et, çà et là, des notes destinées à guider les interprètes.

Représenté d'abord par des marionnettes, ce petit ouvrage a eu ensuite pour acteurs habituels de jeunes amateurs, dans les familles ou dans les écoles. Je ne lui en souhaite point d'autres.

J'ai eu le plaisir de le voir jouer dans plusieurs écoles normales de jeunes filles, avec beaucoup de sentiment, de finesse et de grâce, où se mêlait, à l'occasion, une gaîté de bon aloi. Je garde le meilleur souvenir de ces aimables représentations.

Peut-être sera-t-on surpris qu'un mystère chrétien ait été représenté en des écoles laïques, où l'on a le devoir de rester neutre entre les diverses confessions religieuses. Personne ne m'a confié la tâche de traiter cette question délicate ; mais j'en dirai quelque chose parce qu'elle me semble intéressante.

Je crois que l'on peut distinguer dans la religion — mettons chrétienne, puisqu'il s'agit d'un Mystère de la

Nativité — trois éléments principaux : le dogme, la morale, la légende poétique.

Le dogme varie suivant les diverses confessions, bien qu'il soit, sur quelques points, commun à toutes (1). Je penserai surtout, en écrivant, au dogme catholique. C'est le plus puissant, le plus répandu en France, où l'Église qui l'a formulé a longtemps prétendu au monopole de l'enseignement.

Le dogme étant cela même par quoi les religions diffèrent entre elles, ce qui les constitue essentiellement, il va de soi que l'entrée de l'école doit lui être interdite. Aussi est-ce par une répréhensible complaisance, opposée à l'esprit comme à la lettre de la loi, qu'un grand nombre d'instituteurs et d'institutrices, trop souvent encouragés par ceux mêmes qui devraient les avertir et les reprendre, font réciter le catéchisme à l'école. On invoque en leur faveur le désir de plaire aux familles, de ne pas mécontenter M. le curé, de ne pas donner prise à une concurrence redoutable : pauvres excuses à l'abus que je signale. L'école laïque est notre meilleure garantie de la liberté de conscience, mais à la condition que l'on y soit laïque en fait comme en paroles. A quoi nous servira-t-il que les statistiques officielles enregistrent le triomphe de l'école publique, s'il doit y souffler un esprit tout pareil à celui des écoles rivales ?

Pour les mêmes raisons, l'école ne saurait admettre les pratiques, exigées ou recommandées par l'Église, et qui sont étroitement liées au dogme. Aucune prière ne doit être récitée en commun ; c'est affaire de religion intime et

---

(1) Pour certains protestants libéraux le dogme paraît s'être à peu près complètement évaporé ; pourtant ils ont encore en commun, avec les autres chrétiens, la croyance à la paternité de Dieu enseignée par Jésus.

personnelle. S'il s'agit d'élèves internes, il est juste qu'on les conduise aux offices, pourvu que leurs parents ou eux-mêmes le désirent, et dans ce cas seulement. S'il s'agit d'externes, c'est à la famille d'y pourvoir. Aussi est-il déplorable qu'un grand nombre d'institutrices laïques soient en quelque sorte astreintes à conduire à la messe, aux vêpres, aux processions, des enfants que leurs parents ne prennent plus la peine de surveiller, même les dimanches. Par de telles manifestations ces institutrices engagent l'école et en font la servante de l'Église. Je sais que le plus souvent elles agissent à contre-cœur, d'autant que la corvée leur est pénible ; aussi n'est-ce pas elles que je blâme, mais ceux qui devraient leur interdire ces fâcheux errements, — toute liberté leur étant d'ailleurs laissée de faire leurs dévotions personnelles (1).

Ainsi, pour le dogme et les pratiques, il n'est pas douteux que l'école doive les ignorer.

Il n'en est pas de même, à mon avis, de la morale chrétienne. Mais ici une distinction est nécessaire. Le catholicisme, comme les autres confessions chrétiennes, donne une interprétation de la parole évangélique ; et il se flatte que la sienne est la seule vraie. Nous n'avons pas à nous occuper de ces interprétations dogmatiques. Un livre contient des préceptes de la plus grande beauté : nous en faisons notre bien, comme de toute autre chose de même ordre, parce que la morale laïque est la morale universelle.

Nous citons Jésus comme nous citerions Socrate ou

(1) Personnelles, dis-je, et en évitant toute confusion entre la personne et la fonction. Supposez qu'une annonce adressée aux fidèles contienne cette mention : « La quête sera faite par Mlle X..., directrice de l'école normale », Mlle X... aurait manqué gravement à son devoir d'institutrice laïque.

Marc-Aurèle, Confucius ou le Bouddha, Spinoza ou Kant. La morale évangélique reste pour nous discutable, comme toute chose humaine ; c'est avec notre raison, avec notre cœur d'hommes, que nous tâchons de la bien pénétrer ; mais, comme nous tenons à ne blesser aucun sentiment respectable, et comme, en outre, il serait ambitieux de pousser trop avant la critique philosophique avec les élèves de nos écoles, même normales, nous insistons moins sur les différences que sur les ressemblances des systèmes de morale, sur leurs côtés obscurs que sur leurs points lumineux, et, au lieu de les opposer les uns aux autres, nous essayons de les compléter les uns par les autres.

Je prends un exemple.

Nous pensons que la raison et le droit sont les fondements solides de toute société humaine ; nous nous reconnaissons pour fils d'une patrie envers laquelle nous avons des obligations particulières ; la liberté nous est infiniment précieuse ; nous avons au cœur le plus ardent désir d'organiser la justice sociale : bref, nous voulons être des citoyens, dans la plus forte acception du mot. Eh bien ! pour préciser les devoirs que ce mot implique, nous consulterons les philosophes anciens et modernes, l'expérience de l'histoire, toute la science acquise ; par-dessus tout, nous nous attacherons à bien connaître, à interpréter sainement les principes de la Révolution française, contenus dans l'immortelle Déclaration des droits de l'homme. L'Évangile nous serait ici d'un médiocre secours. Mais il nous communiquera, mieux, peut-être, que toute autre chose, le sentiment ému et profond de la fraternité humaine, à travers tous les temps et sans acception de patrie, de race, de croyances, d'institutions. Nous laisserons de côté certaines paroles difficiles à interpréter ou sujettes à la controverse ; mais qui nous empêchera d'en choisir d'autres, pour les citer avec émotion et respect? Où trouverons-nous une leçon plus humaine, plus laïque, plus universelle, que la parabole du bon Samaritain?

Bien des instituteurs n'oseront pas citer l'Évangile : tant pis! il y a des audaces qu'il faut avoir. Un fanatique aux idées étroites, indigne du nom de libre penseur, qu'il revendique, vous traitera de clérical? Laissez-le dire. De l'autre côté, on criera au sacrilège, on prétendra que l'Évangile est la propriété exclusive d'une Église? Laissez dire encore. Prenons notre bien — le bien de tous — où nous le trouvons; buvons à toutes les sources qui peuvent désaltérer notre soif de vérité, de justice et d'amour.

Ici encore on m'objectera : « Nous serons désapprouvés, ou mal soutenus. C'est sur nous que retombera le poids de toutes les rancunes. » Je dirai comme tout à l'heure : « A chacun sa responsabilité; » mais je crois que le maître, s'il a de l'autorité morale et le tact nécessaire, peut s'exprimer avec plus de liberté qu'il ne le fait souvent.

Il ne faut donc pas craindre, à mon avis, de faire une place à l'Évangile dans l'enseignement de la morale, soit que l'on commente un précepte, ou que l'on cite une parabole, ou que l'on raconte une noble légende.

J'arrive à mon troisième point : ce que j'appelle la légende religieuse. On me permettra, je l'espère, de donner ce nom à tous les récits, imposés ou non à la croyance des fidèles, mais qui ont le caractère d'une légende populaire, et qu'en effet le peuple a faits siens en les prenant pour thèmes de ses récits familiers, de ses chansons, de ses noëls, et qu'il a enrichis de toutes les fleurs de sa fraîche et naïve imagination. Les histoires contées par Jacques de Voragine dans la *Légende dorée* ne sont pas matière de foi pour les catholiques; beaucoup, cependant, y ont cru et y

1.

croient encore. J'espère donc que je ne choquerai pas mes lecteurs et mes lectrices en étendant la désignation de légende à d'autres récits, imposés, cette fois, à la croyance des fidèles, mais qui ont avec les premiers une évidente analogie pour le caractère poétique et populaire.

Tel est, à mon sentiment, le récit évangélique de la naissance et des premières années de Jésus (1).

Eh bien! je dis qu'il y aurait un scrupule excessif et maladroit à ne point user de la légende chrétienne, comme de toute autre, lorsqu'elle est vraiment belle, et que, sous la grâce poétique du récit, elle est riche de signification humaine.

Sans doute, il faut choisir. Je parlais tout à l'heure de la *Légende dorée*. L'idéal de sainteté qui prévalut au moyen âge a trop souvent quelque chose de dur et d'étroit ; il peut être diminué par un souci égoïste du salut personnel, faussé par une déraisonnable austérité, perverti par une

_____

(1) Sur les quatre Évangiles canoniques, deux seulement, ceux de Mathieu et de Luc, y font allusion ; ni Marc, ni Jean, n'en rapportent quoi que ce soit. Mathieu et Luc, d'ailleurs, racontent sur la Nativité des choses différentes, chacun d'eux paraissant ignorer les faits les plus importants rapportés par l'autre. Ainsi Mathieu est muet sur l'annonciation, la visitation, l'adoration des bergers, l'hymne des anges pendant la nuit de Noël. Luc ne connaît pas l'étoile miraculeuse, l'adoration des mages, le massacre des innocents et la fuite en Égypte. Ou bien ces événements extraordinaires lui ont-ils semblé inutiles à rapporter?

D'autre part, les Évangiles apocryphes de l'enfance, qui remontent aux premiers temps du christianisme, racontent les faits de la nativité à leur manière : l'étable de Luc, dont Mathieu ne dit rien, — il parle d'une maison — y est devenue une caverne. Les apocryphes contiennent en outre, sur la sainte enfance, de nombreux détails qui leur sont propres. On se trouve donc en présence d'une tradition un peu flottante, comme toutes les traditions populaires.

N'est-il pas, d'ailleurs, très naturel que l'admiration et la reconnaissance de ceux qui avaient suivi Jésus, puis d'un cercle croissant d'adeptes, hommes de foi puissante, à qui les habitudes scientifiques étaient totalement étrangères, aient entouré le berceau du Christ de toute une floraison de légendes?

fanatique intolérance. Je le répète, il faut choisir, comme toutes les fois que l'on cherche de beaux exemples dans l'histoire ou dans la poésie.

Voici quatre légendes qui me reviennent en mémoire. L'une nous a été conservée par une chanson populaire extrêmement touchante. Une pauvre mère est morte, laissant trois enfants en bas âge. Le père se remarie avec une méchante femme, qui bat les enfants. Ils se rendent au cimetière (le plus petit dans les bras de l'aîné) afin de retrouver leur mère : Jésus, ému de pitié, la ressuscite et lui donne sept ans à vivre pour les élever. Tous les soirs elle sort du tombeau, se glisse dans leur chambre, leur prodigue soins et caresses, veille sur leur sommeil ; à l'aube elle les quitte et rentre dans son repos. Les sept ans écoulés, elle leur dit adieu en pleurant. Ils veulent la suivre : mais non, ils sont élevés ; c'est à eux, maintenant, de vivre, d'aimer, de souffrir, d'espérer...

Cette légende me paraît exprimer admirablement ce qu'il y a d'unique, de divin, dans la tendresse de la mère pour le fruit de ses entrailles, et l'impérieux besoin que l'enfant a d'être aimé par elle. Personne, je crois, n'en écoutera le récit sans une émotion qui le rendra plus humain.

Deux autres légendes sont empruntées à l'Évangile arabe de l'Enfance.

Dans l'une on voit le petit Jésus s'amuser, avec des gamins de son âge, à fabriquer des moineaux en argile. C'est un jour de Sabbat. Passe un docteur de la loi — un de ces pharisiens que Jésus flagellera, plus tard, d'un si juste mépris — et le grave théologien de s'indigner en voyant que l'on ose, un jour de Sabbat, faire œuvre de ses mains ! D'un furieux coup de pied il va tout anéantir, lorsque le petit Jésus, avec un sourire malicieux, souffle sur les passereaux, qui s'envolent en gazouillant. Il leur a donné la vie (1).

L'histoire est charmante, ce qui est déjà quelque chose; et, sans en exagérer la portée, n'est-elle pas la délicate satire d'un formalisme rigide, qui devient facilement hypocrite? J'aimerais à la répandre, surtout en pays protestant, par exemple dans les cantons suisses où l'amende qui frappe certains délits est double si on les commet pendant les heures de service religieux, ou en Angleterre, où l'on n'a d'autre choix, pour tuer son dimanche, que de chanter des psaumes ou de s'enivrer (2).

La seconde légende empruntée à l'Évangile dit « arabe » est celle-ci : « Un soir que Jésus rentrait à la maison avec Joseph, un enfant qui courait en sens contraire le heurta si violemment qu'il tomba à la renverse. Jésus lui dit : Comme tu m'as jeté par terre, tu tomberas toi-même, et pour ne plus te relever. — Aussitôt l'enfant tomba et mourut. »

Voilà, n'est-il pas vrai? une abominable histoire, et qui ne serait pas à propager (3).

La quatrième légende à laquelle je pensais est rapportée

(1) Ce miracle est rapporté aussi dans le Coran, soit que Mahomet connût l'Évangile de l'enfance, soit que certaines traditions qui y sont contenues eussent été propagées en Arabie, avec d'autres, d'origine différente. Luc fait naître Jésus dans une étable; les apocryphes, dans une caverne; Mahomet, sur le sable du désert. On voit combien la tradition varie.

(2) A moins que l'on ne fasse les deux. Il paraît que ce n'est pas incompatible, puisque maître Slender, dans les *Joyeuses Commères* de Shakespeare, ayant été volé par ses compagnons de taverne, s'écrie : « Je ne me soûlerai plus qu'avec des gens qui ont la crainte de Dieu ! »

(3) Les Évangiles canoniques ne contiennent aucun « miracle de punition ». Il y en a dans les *Actes des Apôtres*, et je les y goûte médiocrement; mais celui que je viens de rapporter est à la fois ridicule et odieux.

dans un poème de M. Coppée, qui a pour titre : *Un Évan-gile*, et qui a circulé dans nos écoles. J'ignore l'origine de cette légende ; mais, que l'auteur l'ait inventée ou trans-crite, peu importe : je reconnais qu'elle est bien dans l'esprit de certaines légendes chrétiennes.

Une pauvre veuve est au bord du lac de Génésareth, filant sa quenouille et berçant son petit enfant. Jésus et Pierre, cachés, l'observent. Survient un vieillard chargé d'un vase de lait. Il doit le porter au village prochain : brisé par l'âge et la fatigue, il prie cette femme de l'aider, sans quoi il perdra son salaire, qui est d'une obole. Aussi-tôt elle quitte son enfant et sa quenouille, et part avec le malheureux.

Pierre déclare que c'est peu raisonnable : quelque passant eût pu rendre le même service au vieillard, et cette mère n'eût pas laissé son petit enfant tout seul devant la cabane déserte. Mais Jésus répond que Dieu veille sur le pauvre qui en secourt un plus pauvre, et qu'elle a bien fait de partir « sans surseoir ». Là-dessus il se met à filer la quenouille et à bercer l'enfant. Quand la veuve revient, les deux hommes ont disparu ; mais elle trouve

Sa quenouille filée et son fils endormi,

joli vers qui termine la pièce, et pour lequel il semble bien que l'auteur l'ait écrite.

Je déclare ingénument que je partage l'opinion de Pierre. S'il est légitime et méritoire de renoncer à toute prudence, en des cas extrêmes, pour secourir son sem-blable, ici l'acte de la femme, inspiré par les meilleures intentions du monde, n'a pas le sens commun. Comme le dit Pierre, un passant n'eût pas tardé à paraître ; le vieillard pouvait se reposer un moment ; la pauvre veuve ne l'eût pas moins obligé en lui offrant le prix d'une quenouillée de lin, ou un peu de nourriture, qu'en laissant son bébé pour faire gagner une obole à ce malheureux. Et enfin, si j'avais été le bon Dieu, après avoir observé la femme et vu qu'elle souffrait dans son cœur de refuser un service pour ne pas manquer à une obligation plus impérieuse, je me serais avancé et je lui aurais dit : « Ne vous tourmentez pas, ma brave femme : je vais aider ce vieillard; ou plutôt voilà Pierre, qui n'a rien fait depuis ce matin, et dont c'est bien le tour de peiner un peu. » Il me semble que cela eût mieux valu. Car enfin, cette femme, en laissant ainsi son enfant, s'exposait à ce qu'on le lui enlevât, ou à le retrouver entamé par quelque bête...

Il est vrai que Jésus veillait. Oui, mais la femme n'en savait rien. Et ce que je reproche au poète, c'est de vouloir nous persuader que, pour faire acte de charité, il est superflu d'être raisonnable, et qu'une aide providentielle nous sera toujours accordée, et séance tenante, si nous avons généreusement secouru notre prochain. C'est là une idée que l'expérience de la vie dément; et, s'il me paraît fort bon d'exalter les sentiments charitables, je ne crois pas que l'on doive le faire en propageant des idées fausses (1).

---

(1) Il serait peut-être audacieux de rechercher si le Jésus véritable eût parlé comme celui de la légende ; mais il y a bien, dans l'Évangile, une tendance que le poète pourrait invoquer en sa faveur. Quoique Jésus ait dit : « Je suis venu pour accomplir la Loi, non pour la détruire », la prééminence du principe d'amour sur le principe de justice est sensible dans l'Évangile. Le précepte : « *Ne résiste pas au méchant* », dont Tolstoï fait la base du christianisme, mène à la condamnation de tout emploi de la force, et, par suite, à la suppression de toute loi humaine. Mais ce n'est pas seulement au méchant que Jésus nous ordonne de ne pas résister ; c'est aussi à l'importun. « Si quelqu'un veut te contraindre de faire mille pas, va avec lui pendant deux autres mille. » L'esprit de telles maximes rend difficile d'établir une hiérarchie des devoirs, conforme à la raison, et ne permettant de céder aux impulsions du cœur ou à la pure charité que si, tout d'abord, la justice est satisfaite. En outre, une sorte d'imprévoyance est, çà et

On pourrait citer bien d'autres exemples, d'où il résul-
terait sans peine qu'il y a des légendes de valeur très
inégale.

« Mais, dira-t-on, vous ne pouvez, vous, poète, en trans-
crire aucune sans supposer le dogme admis, et sans faire
un acte de foi implicite aux miracles que vous nous
contez. Cela est grave. »

Est-ce vraiment si grave? ou plutôt, est-ce exact?

Lorsque Aristote disait : « La poésie est plus vraie que
l'histoire », il n'entendait certes pas que cette vérité portât
sur les faits mis en œuvre : la plupart du temps ils sont
imaginés ou librement combinés. La vérité poétique en est
indépendante; elle est morale, humaine, universelle, tandis
que la vérité historique peut être de pure exactitude, toute
spéciale et sans portée. La vérité poétique demeure entière,
que les faits soient réels ou imaginés; et il en est de même,
si le poète les a choisis dans le domaine du merveilleux.

La seule condition exigée de lui est qu'il fasse œuvre
vivante et humaine, vraie par l'observation, la pensée,
l'émotion. Une féerie comme la *Tempête* ne satisfait pas
moins à cette condition qu'un drame historique tel que
Coriolan.

Je ne vois pas pourquoi la légende religieuse, seule, ne
servirait pas de matière au poète. Pour qu'il la mette en
œuvre il n'est, à mon avis, aucunement nécessaire qu'il y
croie comme à une chose « arrivée ». Il importe seulement
qu'il sache en dégager la beauté humaine.

C'est le propre du poète de revêtir tous les personnages,
de s'adapter à toutes les situations, de faire siennes toutes

là, recommandée dans l'Évangile, comme plus conforme que la prudence
à l'absolue confiance que nous devons avoir en notre Père. « Voyez les
lis des champs, qui ne travaillent ni ne filent... »

les croyances. Bibliques ou païennes, chrétiennes ou
bouddhiques, peu lui importe. A travers toutes les formes
de la pensée religieuse il cherche le fond permanent
d'humanité qui peut y être contenu.

Ici l'on m'arrête : « Faites ce que vous voudrez; mais, à
l'école... »

Je réponds que les symboles religieux, créés pour et par
le peuple, sont éminemment propres à exprimer des vérités
morales, à frapper les esprits, à émouvoir les cœurs, si l'on
sait en user de façon que la lettre ne tue pas l'esprit; et que
nous ne saurions leur interdire l'entrée de l'école, non plus
que de l'art, sans appauvrir cruellement l'une et l'autre.

Il faut pourtant, je le reconnais, observer certaines pré-
cautions, surtout lorsqu'il s'agit de mettre en œuvre des
événements miraculeux imposés à la croyance d'une partie
de l'auditoire.

Il faut d'abord que le poète, quelles que soient ses idées
personnelles, évite de choquer ceux qui croiront à la lettre
de son récit. Cela ne me semble pas bien difficile. Il y a une
piété de sentiment, de souvenir, d'imagination, qui peut
suffire à l'artiste pour toucher au sujet le plus sacré avec
tout le respect, toute la délicatesse désirables.

D'autre part, il faudrait éviter que l'auditeur croyant ne se
sentît fortifié dans ce que sa foi a de dogmatique et d'exclusif
par des œuvres où le symbole religieux ne doit envelopper
que des vérités universelles; et que l'auditeur incroyant
n'éprouvât, en les écoutant, l'inquiétude d'un homme
dont la libre conscience est menacée d'empiétement (1).

(1) C'est par ce qu'ils me semblaient critiquables à cet égard que j'ai
supprimé, dans le *Mystère de la Nativité*, certains passages du Prologue
dit par l'ange Gabriel. J'étais entré trop résolument « dans la peau du
personnage », comme on dit, et je crois bien que j'avais esquissé une
sorte de propagande, fâcheuse dans un Prologue, qui n'a pas le caractère
impersonnel du drame lui-même.

La nature même de l'œuvre contribuera sans doute à écarter ce double péril, si le poète a su mettre l'accent sur ce que son sujet a de moral et d'humain, et si la liberté avec laquelle il joue du merveilleux suggère l'idée qu'il se meut dans le domaine illimité du rêve plutôt que dans les étroites limites du dogme. Cependant le résultat ne pourra être atteint que si l'auditoire, croyant ou non, a l'esprit largement ouvert, s'il est disposé par avance à goûter une saine émotion sans exiger que le poète partage toutes ses idées, ou sans donner à la lettre du récit une adhésion que personne ne lui demande.

Une bonne éducation générale est nécessaire pour qu'il en soit ainsi. Un des moyens de la procurer est, à mon avis, de faire des emprunts fréquents et judicieux aux préceptes, aux traditions des diverses croyances, mises, en quelque sorte, sur le même plan. C'est avec une impartialité absolue, dans un esprit scientifique, un large esprit de vérité, que l'instituteur laïque (à tous les degrés de l'enseignement) doit exposer les croyances religieuses, et, en général, les opinions controversées (1).

Comme je pense avant tout à l'enseignement primaire, il ne saurait être question ici d'instituer un cours de religion

(1) Il est évident que cette impartialité lui serait impossible si, tout d'abord, il n'invoquait hautement le principe du libre examen. Aucune autorité extérieure ne doit peser sur son jugement. La neutralité respectueuse devant les croyances particulières ou les opinions controversées ne doit pas non plus être confondue avec l'indifférence envers les vérités acquises, dans l'ordre politique aussi bien que dans l'ordre moral. Par exemple, si l'éducateur public ne doit pas faire de propagande pour ou contre la théorie collectiviste, livrée en ce moment aux plus âpres controverses, il manquerait à son premier devoir s'il ne faisait de ses élèves de fermes partisans de la Révolution française, s'il ne leur inspirait un généreux amour de la liberté et du progrès social, s'il ne les mettait en garde contre l'intolérance religieuse, l'esprit de conquête, les menées césariennes, la sauvagerie antisémite.

comparée : mais, soit en histoire, soit en morale, soit en
littérature, le maître aura mainte occasion de citer des faits,
des maximes, des légendes, qu'il devra apprécier. Dans quel
esprit le fera-t-il ? A mon sentiment, il devra juger avec une
entière liberté, sans être avare d'éloge ou de blâme, tout ce
qui relève de la morale : car là il est dans son domaine propre, il est au cœur de son enseignement, et rien ne doit
entraver la liberté de sa parole. Tous les actes, bons ou
mauvais, accomplis au nom d'une religion quelconque, il a
le droit et, à l'occasion, le devoir de les juger. Mais, en ce
qui concerne la croyance elle-même, — quelle qu'elle soit,
— il n'a pas à prendre parti : il doit l'exposer impartialement,
avec le respect dû à tout effort sérieux de la pensée, à tout
sentiment profond de l'âme humaine.

Je raconterais aussi gravement la naissance du Bouddha
que celle du Christ ; je ferais ressortir tout ce qu'il y a
d'humain, d'émouvant, de poétique, dans cette Nativité
indienne ; et je dirais : « Voilà ce que des millions d'hommes
croient en Extrême-Orient (1). »

J'expliquerais *Philémon et Baucis* : et, commentant la légende, je dirais : Païens ou chrétiens, Grecs d'autrefois ou
Français du moyen âge, les hommes se sont plu à croire que
des Êtres supérieurs, revêtus d'une apparence misérable,
venaient parfois éprouver le cœur des mortels. De la légende
grecque on peut en rapprocher une autre, qui date du
moyen âge chrétien, et dont le sens est le même...

Et je citerais l'admirable chanson populaire :

> Jésus-Christ s'habille en pauvre :
> « Faites-moi la charité !
> Les miettes de votre table,
> Pour moi ce s'ra bien assez... »

_____

(1) Je me propose de publier un petit drame sous ce titre : *La naissance du Bouddha.*

S'il m'arrivait de lire une histoire au cours de laquelle une personne en détresse priât la Vierge et les Saints, je ne commettrais pas la puérilité d'omettre le passage, par crainte de violer la neutralité confessionnelle. De même, si je racontais le début de l'*Iliade*, je montrerais le vieux prêtre Chrysès, le cœur plein de douleur et d'indignation,

Seul, en silence, au bord de la mer mugissante,

invoquant Apollon, son dieu, parce que sa fille lui a été ravie par l'injuste violence des armes. L'analogie de sentiment entre chrétiens et païens se dégagerait toute seule.

Je montrerais les chefs achéens et les chefs troyens attestant le Ciel, la Terre, les Fleuves, les divinités les plus antiques et les plus redoutables, au moment où ils vont conclure un engagement; et il apparaîtrait que leur pensée intime est toute pareille à celle de princes chrétiens jurant sur l'Évangile. Mahomet viendrait dire à son tour :

Lorsque vous unissez vos mains, la main de Dieu
Plane invisible sur les vôtres...

Que la Divinité soit une ou multiple, conçue d'une manière ou d'une autre, réelle ou imaginaire, le croyant sera toujours porté à la prendre à témoin de ses actes solennels; et la vérité humaine qui se dégage de tous ces exemples, c'est que la parole donnée est chose sainte et sacrée.

Tout l'appareil de la croyance est-il donc nécessaire pour que l'on s'en aperçoive, et faut-il attester les dieux pour tenir sa parole ? Non, certes. Jésus a mis dans la plus pure lumière le respect dû à la vérité *pour elle-même*, lorsqu'il a dit: « Ne jurez ni par le ciel, ni par la terre, ni par Jérusalem... Dites simplement: oui ou non. » Et la morale laïque va plus loin encore : elle n'a besoin ni d'attester ni de supposer Dieu, pour que la vérité lui soit sacrée ; car elle sait que, s'il y a un Dieu, il est la vérité même ; et que, s'il n'y en a pas, la vérité n'en est pas moins la vérité. Mais, parce que la morale s'est peu à peu dégagée pour nous des éléments variables de la croyance, il n'en faut pas moins reconnaître ce que les religions supérieures ont contenu de moralité, au moins dans leur principe et dans leurs meilleures phases, à des époques où l'esprit humain semblait incapable de discerner la morale toute pure.

J'imagine que pour des esprits habitués à concevoir ainsi les choses (et on peut les y habituer, sans théorie abstraite, par des exemples simplement commentés) la représentation d'un mystère chrétien n'offrirait aucun péril. C'est, d'ailleurs, ce qui a lieu dans un grand nombre d'écoles normales, où l'esprit est vraiment laïque.

A supposer que l'éducation désirable n'y fût pas entièrement obtenue, il serait encore bon, à mon avis, que, par la force d'une émotion poétique, les non croyants sentissent qu'une religion peut être chose vivante et humaine, et que les croyants fussent rappelés au sentiment de ce qu'il y a d'essentiel dans leur foi, trop souvent distraite par de puériles dévotions ou obscurcie par un fanatisme haineux.

D'autre part, rien n'empêche d'éviter les malentendus possibles par une sincère explication, dont les termes devront varier selon la nature du public. Des fragments du *Mystère de la Nativité* ont été lus devant des auditoires populaires ; et voici à peu près l'introduction que je faisais à ces lectures (1) :

(1) En général, on lisait les tableaux I et II, quelquefois une partie du IVe. Je supprimais le discours de l'ange, au début de la pièce. Au reste, je ne conseille pas cette lecture, à moins que l'on ne soit très sûr du public. C'est pour les écoles que j'écris en ce moment.

« Nous allons vous lire un mystère de la Nativité, c'est-à-dire une pièce sur la naissance du petit Jésus. Elle est inspirée de nos vieux noëls populaires et conçue dans le même esprit que les mystères français du moyen âge.

« Je dois faire une franche déclaration. On ne veut ici convertir personne. Que chacun garde ses idées. Qu'il croie ou ne croie pas à la réalité des faits contenus dans la pièce, qu'il les apprécie d'une manière ou d'une autre : peu nous importe. Nous voudrions seulement vous émouvoir en représentant devant vous, sous sa forme légendaire, un des plus grands faits de l'histoire humaine ; vous charmer, s'il était possible, par tout ce que le sentiment populaire a mêlé de poésie à cette légende ; vous amuser, à l'occasion, car, suivant la tradition de nos pères, on a relevé le sérieux de la pièce par une pointe de gaîté.

« Le fait historique dont j'ai parlé est la naissance de Jésus. Je crois qu'elle a été un grand bonheur pour le genre humain ; car elle lui a permis d'entendre des paroles de fraternité nouvelles pour lui, ou tout au moins de les entendre dire avec une sincérité plus ardente, avec un accent plus tendre et plus persuasif. L'exemple d'une vie admirable et d'une mort sublime leur a donné plus de force, et, scellées par le sang du juste, elles sont venues jusqu'à nous à travers les siècles pour nous attendrir et nous rendre plus humains...

« On peut objecter, je le sais, que le royaume du Christ n'est pas de ce monde, et que sa parole a trop souvent été prise comme un conseil de soumission aux pires injustices. On peut dire aussi que d'abominables fanatiques ont voulu imposer par le fer et par le feu cette parole de douceur et d'amour. Je crois pourtant qu'elle a révélé à l'homme, mieux que toute autre, la sainte égalité humaine ; que, si elle n'a pas directement combattu l'esclavage, la

guerre, l'exploitation de l'homme par l'homme, elle en aura
hâté la disparition en nous en inspirant une plus profonde
horreur ; et qu'elle n'est pas plus responsable des atrocités
commises en son nom que les principes de la Révolution
française ne le sont, par exemple, des noyades pratiquées à
Nantes par le hideux Carrier.

« Quant à la forme légendaire du récit, aux miracles que
la tradition y a mêlés, je répète que c'est à chacun de les
apprécier à sa manière ; on en prendra ou on en laissera ;
pour l'un ce sera une réalité, pour l'autre, une expression
poétique de la gratitude et de la tendresse que le peuple
avait gardées à Jésus. Il ne faut pas se quereller pour si
peu.

« Je vous avoue qu'en fait de miracles je suis de très
bonne composition. Je crois tous ceux que l'on me raconte,
pourvu qu'ils me semblent beaux ; et au besoin j'en in-
vente. Ainsi vous entendrez discourir un âne et un bœuf :
cela est fréquent dans les fables, mais l'Évangile ne rap-
porte rien de semblable.

« On voudra bien, je l'espère, excuser les libertés du
poète, en faveur de ses intentions. Il a voulu vous montrer
les cœurs les plus durs s'attendrissant au souffle de la parole nouvelle, que l'on n'a pas entendue encore, mais que
la nature entière pressent ; et les hommes devenant meil-
leurs, plus aimants, plus fraternels.

« L'action du christianisme n'a pas été, je l'avoue, si
prompte et si puissante ; elle a souvent dévié d'une façon
lamentable ; et, même en ce qu'elle a de meilleur, elle ne
nous suffit pas. Nous avons à travailler nous-mêmes, à
souffrir, à lutter, peut-être longtemps encore, pour que le
royaume du ciel descende enfin sur la terre, ou, du moins,
pour qu'il daigne s'en approcher un peu. Ainsi, ne croyons
pas que tout a été fait, ni même que tout a été dit ; mais

rendons pleine justice à celui qui, longtemps avant nous, a résumé tout notre idéal dans ces très simples paroles : « Aimez-vous les uns les autres. »

Il est temps de conclure cette trop longue préface. Aurai-je persuadé mes contradicteurs, si j'en avais en commençant ? Je l'ignore ; et, par le fait, j'admets fort bien que, sur une question aussi délicate et aussi complexe, les opinions varient. Mais je maintiens la mienne. Si nous laissons aux Églises leurs dogmes, leurs pratiques, leur foi aux miracles, tout en gardant la pure morale de l'Évangile et la poétique légende des temps passés, nous aurons, comme Marie, sœur de Marthe, choisi la meilleure part ; — et elle ne nous sera pas ôtée.

INDICATIONS PRATIQUES

Le Mystère de la Nativité *peut être représenté par des amateurs des deux sexes, grandes ou petites personnes; jamais par des acteurs de profession.*

Il peut être joué sans difficulté dans une école de jeunes filles.

Dans une école de jeunes gens, il sera nécessaire de confier les rôles de la Sainte Vierge et de Marjolaine à des enfants dont la voix n'ait pas mué encore.

Marjolaine a une voix de soprano, légère et brillante; celle de la Sainte Vierge est douce et un peu grave. Marjolaine peut chanter la partie de l'Étoile, pourvu que sa voix ait assez de force et d'éclat.

Le chœur des anges peut être réduit à trois voix de femme. Il exige des voix exercées.

Le piano d'accompagnement devra être dans la coulisse; les chanteurs ou chanteuses invisibles seront groupés autour de l'instrument. Un harmonium pourra être substitué ou adjoint au piano, à certains endroits de la partition. Il faut que l'harmonium ait un son très doux, que l'on en joue d'une façon discrète, et seulement dans les passages en rapport avec le caractère doux et sérieux de l'instrument. Il serait absurde d'accompagner la chanson de Marjolaine sur l'harmonium (1).

Lorsque la chanteuse sera en scène, comme pour la chanson de Marjolaine et la berceuse de la Vierge, l'instrumentiste placé dans la coulisse (et aussi rapproché que possible) aura soin de lui donner la note pour qu'elle attaque dans le ton. L'expérience m'a montré que cette recommandation n'était pas superflue. Parfois la chanteuse attaquait au hasard, au-dessus ou au-dessous du ton écrit, le pianiste répondait dans le ton vrai, et il en résultait une hideuse cacophonie.

La musique destinée à soutenir les paroles (mélodrames) sera toujours extrêmement discrète. On apportera le plus grand soin à commencer et à finir chaque passage musical aux paroles indiquées.

Le prélude du premier tableau pourra être omis ou abrégé, si l'on ne dispose que d'un piano, ou même de piano et harmonium.

Au second tableau, on fera toujours les coupures indiquées comme possibles, à moins que l'on n'ait les six instruments.

Saint Joseph doit s'exprimer avec une douceur pénétrante, une émouvante simplicité (2).

(1) Si l'on ne se contente pas de la partition réduite pour piano, on pourra se procurer les parties d'orchestre en s'adressant à la maison Heugel. M. Paul Vidal a écrit la musique de Noël pour violon, violoncelle, flûte, hautbois, harpe et célesta. Le célesta est un petit instrument à clavier, fabriqué par la maison Mustel. Il peut être remplacé par le piano.

Dans la plupart des cas on se servira de la partition réduite pour piano et chant : elle est en vente chez l'éditeur Heugel, 2 bis, rue Vivienne.

(2) J'ai constaté avec regret que, dans certaines écoles normales, on croyait devoir omettre le vers par lequel Saint Joseph termine le premier acte. C'est l'indice d'une éducation bien imparfaite, que cette terreur puérile des plus simples allusions faites aux saintes douleurs

*L'archange, — dont le rôle devra être confié, de pré-
férence, à une femme, si l'on a des interprètes des deux
sexes, a tout ensemble de l'autorité et de la grâce, une tendresse tout évangélique, une sympathie profonde pour les
pauvres gens à qui il apporte la bonne nouvelle.*

*Les rois mages sont graves et courtois. Le roi nègre aura
un vrai souffle lyrique, une ardeur puissante ; il y mêlera,
à certains moments, beaucoup de douceur et d'humilité
chrétienne, un sentiment de profonde charité. Les deux
autres mages sont plus mélancoliques. L'un et l'autre —
surtout le roi chaldéen, au quatrième tableau, — auront des
accents d'émotion poignante. L'ampleur de leur diction ne
ressemblera jamais à de l'emphase.*

*Le maître de l'âne et du bœuf, dans la première partie de
son rôle, doit plutôt inspirer la répulsion pour son brutal
égoïsme qu'amuser par ses allures et par son parler d'homme
ivre. Au moment de sa transformation il devra perdre peu
à peu sa voix pâteuse, prendre des temps bien marqués,
imposer le miracle de sa conversion par la force et l'émotion
de l'accent. La musique le soutiendra.*

*L'âne est malicieux et guilleret ; le bœuf, lourd et stupé-
fait. L'un et l'autre passeront, lorsqu'il le faudra, et
rapidement, à un ton plus grave ou plus ému.*

Myrtil et Marjolaine sont tendres, simples et gracieux,

---

de la maternité. Il est curieux de penser que des jeunes filles qui, dès
leur plus bas âge, récitent plusieurs fois par jour la Salutation angé-
lique, sans en passer une syllabe, ne peuvent dire ou écouter sans
embarras :

> Dieu va te délivrer de ton fardeau béni...

Cet embarras, sans aucun doute, a été créé artificiellement par une
fausse idée de convenance : c'est le legs d'un système d'éducation que
je ne veux pas juger ici, mais dont l'école laïque ne devrait pas
s'inspirer.

parfois émus au point de s'oublier eux-mêmes. Leur voix est une musique.

Farigoul et Bartomieu ne patoisent pas ; mais j'aimerais qu'ils eussent un accent bien campagnard. Bartomieu est dur, froid, sentencieux ; sa voix tranchante enlève beaucoup de gaîté à ses répliques, même quand elles provoquent le rire. Pourtant sa gourmandise peut amuser plus franchement. Il lui faudra, comme au maître de l'étable, beaucoup d'art pour s'attendrir et se convertir. Quant à Farigoul, toute sa personne respire la bonté et la bonne humeur ; l'auditoire est de cœur avec lui. Dans les endroits pathétiques, il est trop ému lui-même pour contrarier l'émotion d'autrui ; ses attitudes ne font pas rire d'une façon intempestive ; et si, à ces moments-là, il lance une de ses naïvetés, elle ne doit éveiller qu'un sourire attendri.

Pour les costumes de Marie et de Joseph, de Gabriel et des mages, on s'inspirera des tableaux de maîtres.

Les ailes de l'archange doivent être blanches, en plume ou en étoffe, courtes et dressées la pointe en l'air, en forme de lyre, plus haut que la tête, ou longues avec la pointe en bas, et descendant le long du dos. On donnera tout le soin imaginable à les bien faire et à les bien poser.

Saint Joseph a une barbe grise. Celle du roi indien est noire et peu fournie, et peut être réduite à la moustache. Le roi chaldéen a une barbe noire, longue, régulière, calamistrée s'il est possible. Le roi nègre a peu ou point de barbe (1).

N'abusez pas du noir pour ce mage. Le roi indien a le teint jaunâtre. Le chaldéen est pâle.

Ce serait une grave erreur de costumer les autres person-

(1) En général, il faut user sobrement de la barbe, éviter les moustaches gênantes pour la parole, et coller soigneusement les barbes au lieu de les attacher ou de les accrocher.

nages à l'antique, sous prétexte qu'ils vivent en Judée, il y a
dix-neuf siècles. Conformément à la tradition, qui fait de
Bethléem un bourg voisin de celui, quel qu'il soit, où l'on
célèbre la Noël, et qui mêle nos campagnards, tels quels,
aux saints et aux rois de l'histoire évangélique, Bartomieu
et Farigoul sont de vrais paysans de France. Leur langage
le dit assez. Bartomieu, le visage rasé, et bleu du rasoir, les
sourcils touffus, le nez aquilin, les lèvres minces, le menton
saillant, le corps maigre et osseux, peut avoir une loque ou
casquette en poil de lapin, longue houppelande, pantalon,
chaussures épaisses. Farigoul a un petit chapeau de feutre
mou, roussi et râpé, une barbe de vieux singe qui encadre
sa bonne figure aux lèvres rasées, une limousine de berger
tombant sur le bas du pantalon, des moufles aux mains,
des sabots ou de gros souliers, un bâton noueux.

Myrtil et Marjolaine ont un costume plus vague : ils sont
la jeunesse et l'amour plutôt que des êtres de tel pays ou de
telle condition. Cependant Marjolaine est pauvre : sa robe
de couleur gaie, — bleue, de préférence, — est fort rapiécée ;
le corsage est tout simple ; un vieux manteau usé flotte sur
le tout. Mais il y a des fleurs des champs sur le chapeau de
paille aux grandes ailes. Myrtil est brun, cheveux noirs
bouclés, peu ou point de barbe, manteau, courte veste ou
tunique serrée à la taille, culottes, jambes entourées de
bandes d'étoffe, une branche de houx, avec ses baies rouges,
au chapeau de feutre gris.

Je me figure le maître de l'étable avec une robe de bure
serrée à la taille par une cordelière, et un bonnet Louis XI,
comme celui que l'on prête à Gringoire ou à Villon. Œil
vague, teint de pourpre, nez monstrueux, air abruti et féroce.
Point de barbe. Bedon proéminent.

L'âne et le bœuf peuvent être à quatre pattes sous des
peaux de bêtes, et habilement dissimulés dans de la paille ;

ou bravement debout, avec une coiffure symbolique (bonnet d'âne, cornes de bœuf) et un long manteau rappelant par la couleur la peau de l'animal. Pas de gants (1)!

Ne soyez pas trop réaliste en ce qui concerne les présents des mages et des bergers. Esquivez les difficultés, et fiez-vous-en à l'imagination des spectateurs. Des tourterelles vivantes palpiteraient de façon à distraire tout le monde.

Si vous avez une toile de fond, découpez-y un rond pour la pleine lune, une figure à cinq pointes pour l'étoile. Remplacez le morceau de toile enlevé par un papier huilé, sur lequel vous aurez dessiné un vaporeux visage de femme, s'il s'agit de l'étoile, et rien du tout en ce qui concerne la lune. Enfin, après avoir fait, autant que possible, la nuit dans la salle et sur la scène, éclairez votre transparent dans la coulisse, et l'effet sera splendide. Toutefois, si vous ne faites rien, cela reviendra au même. L'essentiel est que Myrtil et Marjolaine laissent parler leur âme et que les mages invoquent l'étoile de tout leur cœur.

Hélas! il vous faudra laisser de côté le somptueux défilé de chameaux, d'éléphants, de girafes, d'autruches, etc., qui, à la fin du troisième tableau, éblouissait les spectateurs du Petit-Théâtre. Que voulez-vous? On ne peut pas tout avoir.

(1) J'ai vu un âne ganté, dans une école. C'est ce qui m'inspire ce bizarre conseil.

PERSONNAGES

LA SAINTE VIERGE ET L'ENFANT JÉSUS.
SAINT JOSEPH.
L'ARCHANGE GABRIEL.
CHŒUR D'ANGES INVISIBLES.
LES ROIS MAGES.
L'ÉTOILE.
L'ANE ET LE BŒUF.
LE MAITRE DE L'ANE ET DU BŒUF.
BARTOMIEU, paysan riche et avare.
MYRTIL, son fils.
FARIGOUL, vieux berger ⎫ au service de Bartomieu.
MARJOLAINE, jeune bergère ⎭

La scène est d'abord à Bethléem, dans une étable; ensuite auprès d'une ferme, dans le voisinage de la ville; puis en un lieu désert, non loin de là; enfin dans l'étable, comme au début.

NOËL

ou

LE MYSTÈRE DE LA NATIVITÉ

PREMIER TABLEAU

L'ÉTABLE DE BETHLÉEM

La toile se lève vers la fin du prélude. L'archange Gabriel paraît entre le bœuf et l'âne, qui sont face au public, séparés l'un de l'autre par toute la largeur de l'étable.

SCÈNE PREMIÈRE

L'ARCHANGE GABRIEL ; LE BŒUF et L'ANE.

L'ARCHANGE GABRIEL, au public.

Amis, je viens à vous, confiant et joyeux.
J'ai quitté pour vous seuls le royaume des cieux ;
J'en arrive à l'instant. Vous le voyez, mes ailes
Témoignent que je viens des splendeurs éternelles.

Or, cette nuit, Jésus, prenant l'homme en merci,
Va naître entre le bœuf et l'âne que voici.

Vous verrez certain rustre à l'âme dure et basse,
Touché subitement par la divine Grâce,
Accueillir Saint Joseph et la Vierge en ce lieu
Que doit illuminer le sourire d'un Dieu.
Puis, dans les champs bleuis par la lune, moi-même,
Ami du pauvre monde et désireux qu'il m'aime,
A des pâtres gardant leurs troupeaux endormis
J'annoncerai l'Enfant qui leur fut tant promis.
Guidés par la chanson d'une voix jeune et fraîche,
Tous, alors, se mettront en route vers la crèche,
Après avoir juré, car la nuit donne faim,
De s'offrir au retour un réveillon sans fin.
On entendra chanter l'Étoile d'or des Mages ;
Et tous, rois ou bergers, par de pieux hommages
Exalteront la Mère admirable et son Fils,
Tandis que Saint Joseph, tenant un chaste lis,
Plein de joie, et troublé dans son âme ingénue,
Aura pour chacun d'eux un mot de bienvenue...

Écoutez donc, vous tous, comme de vrais enfants ;
Soyez humbles de cœur, fussiez-vous très savants ;
Tâchez, tout en riant aux plus joyeux passages,
D'être jusqu'à la fin recueillis et bien sages.

Musique très douce.

Moi, je vais apparaître aux bergers, dans les champs

Que mes frères du ciel emplissent de leurs chants ;
Alors ma mission de paix sera remplie.
Mais, avant de partir, il faut que je délie
La langue de ce bœuf et de cet âne.

La musique s'élève un peu plus.

Dieu,

Qui va, par un excès d'amour, naître en ce lieu,
Vous permet d'exprimer, ô patientes bêtes !
Tous les songes confus qui flottent dans vos têtes.
Chers animaux que l'homme abreuve de mépris,
Je vais illuminer vos ténébreux esprits ;
Je soulève pour vous le voile d'un mystère,
Humbles amis du Christ. Il ne faut plus vous taire :
Parlez, vous qui longtemps fûtes silencieux.
L'avenir est un livre ouvert devant vos yeux.
Ne me résistez pas. Je sais qu'il vous en coûte ;
Mais l'Esprit vous possède et l'homme vous écoute.

L'Archange se retire très lentement, tandis que la musique s'éteint peu à peu.

SCÈNE II

L'ANE et LE BŒUF.

L'ANE, face au public.

Qu'est-ce que j'ai? Je parle, à présent? J'en frémis
De la pointe de mes oreilles

Aux fers de mes sabots. Non, des farces pareilles,
    Franchement, ça n'est pas permis !
Je me tairai. Mais quoi ! je sens une harangue
    Frétiller au bout de ma langue.

LE BOEUF, de même.

Je suis très étonné. J'entends sortir des mots
    Du gosier de l'Ane, mon frère.
D'habitude, je beugle, et lui se plaît à braire ;
    Tels, deux honnêtes animaux.
Quel taon nous a piqués ? C'est le Bœuf qu'on me nomme,
    Et je bavarde comme un homme.

L'ANE

Je devine. Une joie immense emplit les cieux ;
    Elle se répand sur la terre.
Tout frémit ; la nature est lasse de se taire.
    Puis-je rester silencieux,
Lorsque l'Être ineffable à qui je dois mon être,
    Là, sur ma litière, va naître ?

LE BOEUF

Oh ! quelle vision vient d'éblouir mes yeux !
    Quel mystère Dieu me révèle !
Rions ! chantons ! crions la joyeuse nouvelle !
    Puis-je rester silencieux,

Quand mon céleste Roi, mon Seigneur véritable,
    Va naître dans ma pauvre étable?

L'ANE

A coup sûr, il est doux de croquer le chardon,
    De brouter l'herbe des prairies,
De se rouler gaîment dans les sauges fleuries ;
    Mais, en ce beau jour de pardon,
Je goûte, à me sentir palpiter de tendresse,
    Une merveilleuse allégresse.

LE BŒUF

Moi, j'aime à ruminer, l'œil vague, tout un jour,
    Parmi la luzerne odorante ;
J'aime l'ombrage frais du saule et l'eau courante,
    Mon sommeil après le labour ;
Mais c'est à me sentir plein de miséricorde
    Que ma joie aujourd'hui déborde.

L'ANE, tourné vers le Bœuf.

Mon frère, si parfois, te voyant réfléchir,
    J'ai fourragé dans ta mangeoire,
Si je fus même assez indélicat pour boire
    L'eau qui devait te rafraîchir,
Au nom du saint Enfant dont nous serons les hôtes,
    Daigne me pardonner mes fautes.

LE BŒUF, tourné vers l'Ane.

Mon frère, si parfois j'ai raillé lourdement
        Tes oreilles, ces purs calices,
Si je t'ai reproché de braire avec délices,
        Moi qui tiens à mon beuglement,
Par le Seigneur Jésus, par sa divine Enfance,
        Oh! pardonne-moi cette offense!

L'ANE

Oui, mon aimable Bœuf.

LE BŒUF

                Que je t'aime, Ane exquis!

L'ANE

Prends la moitié de ma pâture.

LE BŒUF

Je veux, une fois l'an, suave créature,
        Fêter le jour où tu naquis.

L'ANE

Nul ne jouira plus d'un bonheur solitaire.

LE BŒUF

L'amour va fleurir sur la terre.

L'ANE, face au public (1).

Je le vois! Je le vois! Il est dans tout l'éclat
   De sa radieuse jeunesse;
Il vient en souriant, monté sur une ânesse
   Au poil soyeux et délicat;
Le peuple, dont l'amour le touche au fond de l'âme,
   Fleurit les chemins et l'acclame.

Qui donc, ô mon Seigneur, osera désormais
   Railler l'Ane, doux et modeste?
Ta tendresse pour nous sera trop manifeste;
   On dira que tu nous aimais,
Puisqu'une pauvre ânesse — ô gloire inespérée! —
   En te portant devint sacrée.

LE BŒUF, face au public.

Je le vois à mon tour; mais, hélas! sur la croix
   Où palpite sa chair divine.
Il ruisselle de sang; la couronne d'épine
   Serre le front du Roi des rois.
Où sont les fleurs, les cris de fête et de victoire?
   Il meurt, victime expiatoire.

Il meurt pour nous aussi : car le Christ immortel
   Va devenir l'Hostie unique.

(1) Ces deux strophes de l'Ane doivent être dites d'une voix émue
celles du Bœuf, qui suivent, avec un sentiment très profond.

3

Le prêtre, immaculé dans sa blanche tunique,
 N'ensanglantera plus l'autel
En nous égorgeant, nous, pauvres bêtes, qui sommes
 De bons serviteurs pour les hommes.

L'ANE

Pourrai-je désormais, sous les plus lourds fardeaux,
 Me plaindre de ma destinée?
Qu'importent les jurons d'une voix avinée,
 Les coups qui pleuvent sur mon dos ?
Je tâcherai, prenant le Sauveur pour modèle,
 D'être humble, résigné, fidèle.

LE BŒUF

Vive Jésus ! je veux, pour creuser mon sillon,
 Livrer au joug un front docile,
Sans maudire jamais le labeur difficile,
 Le sol ingrat, l'âpre aiguillon.
Si, le maître ayant faim, ma chair lui fait envie,
 C'est bien : qu'il prenne aussi ma vie (1).

L'ANE

Mais j'espère qu'un jour, dans le frais Paradis
 Que Dieu réserve aux douces bêtes,
Nous jouirons en paix de passe-temps honnêtes.

(1) Cela est dit avec une résignation triste et douce.

LE BŒUF

O mon frère, je te le dis,
Nous connaîtrons, après nos jours de lassitude,
Une immense béatitude!

SCÈNE III

LE MAITRE DE L'ANE ET DU BŒUF, d'abord invisible, dans
la coulisse de gauche; L'ANE ET LE BŒUF.

LE MAITRE

Hé! mon bœuf! stupide animal!

LE BŒUF (1)

Il a bu; ça marchera mal.

LE MAITRE

Ho! ma misérable bourrique!

L'ANE

Je sens comme une odeur de trique.

LE MAITRE

Où sont passés tous mes gourdins?
Je veux assommer ces gredins
Pour soulager un peu mon asthme.

Il entre en scène.

(1) Quand le maître est là, le Bœuf et l'Ane restent face au public, et
toutes leurs paroles sont dites en aparté.

LE BŒUF

Adieu, sublime enthousiasme !
Il nous faut subir maintenant
Les outrages de ce manant.

LE MAITRE, entre les deux animaux.

Qu'on me plonge dans la saumure,
Si je n'entends pas un murmure !

L'ANE

Nous qui rêvions du Paradis,
Nous allons être abasourdis
Par les jurons de cet ivrogne.

LE MAITRE

Je suis sûr que mon âne grogne.

LE BŒUF

Puisse la Grâce te toucher !
Puisse l'eau jaillir du rocher !

LE MAITRE

Comment ! l'autre aussi ?

Au bœuf :

Toi, gros baveux, il me tarde
De t'assaisonner de moutarde,

Et, demain soir, tu deviendras
Une source de bouillon gras.

L'ANE, sans regarder le Bœuf.

Ah! quelle horreur! mon pauvre frère!

LE MAITRE, à l'Ane.

Je vous trouve bien téméraire
De hocher la tête, baudet,
Comme si ça vous regardait!

L'ANE

Ta bonté, Seigneur, est immense.
Grâce pour cet être en démence!

LE MAITRE

Ah! ça n'est pas fini? Mon vieux,
Je te ferai crever les yeux
Dans quatre jours, ne t'en déplaise,
Pour que tu puisses, bien à l'aise,
Tourner la meule d'un moulin;
Ce qui t'amusera tout plein.

LE BŒUF

Regarde avec miséricorde
Cet homme de sac et de corde;
Fais fleurir la pitié dans son âme, ô mon Dieu!

LE MAITRE, au Bœuf.

Qu'est-ce que tu dis, pot-au-feu?

Se ravisant :

Mais que dis-je moi-même? oui, par mon nez! que dis-je?
Si mes bêtes parlaient, ce serait un prodige,
    Un miracle à dormir debout...
    Moi qui ne crois à rien du tout!

Perplexe :

    Alors, quoi? Qu'est-ce qui se passe?
    Pour sûr on parlait à voix basse.

Frappé par une idée soudaine :

Aurais-je, par hasard, ma pointe de gaîté?
    Le joli vin que, tout l'été,
    Je bus à l'ombre de mes treilles,
Me ferait-il tinter encore les oreilles?
    C'est possible...

Indifférent :

        Quoi qu'il en soit,
    Notre illustre ville reçoit,
    Depuis bientôt une semaine,
    Force étrangers. Qui les amène?
    Messieurs, c'est un recensement
    Que maudissent terriblement
    Ceux qui sont dans les écritures.
    Que de pâtés! Que de ratures!

Bethléem est rempli de gens ;
On voit même des indigents
Qui viennent pour se faire inscrire.
Ah ! pour le coup, laissez-moi rire !
Vrai, c'est moi qui m'en moque un peu,
De tous les pauvres du bon Dieu !
Le dos au feu, le ventre à table,
Je ris de leur nez lamentable,
Lorsqu'ils viennent, à pas de loup,
Pour me regarder boire un coup.
La riche odeur de ma cuisine
Embaume la place voisine,
Et je trouve bien suffisant
De leur octroyer ce présent.
Que tout à l'heure un imbécile
Vienne me demander asile,
Sous prétexte que l'étranger
Ne sait jamais où se loger,
Pour cette prière incongrue
Je le jetterai dans la rue.

LE BŒUF

Dire que ce propos ignoble, Dieu l'entend !

L'ANE

Je n'ai pas rencontré d'homme aussi dégoûtant.

LE MAITRE

Non, je ne crains ni Dieu ni diable.
Mais notre ville est impayable ;
Il y circule de ces bruits
Qui font rougir les gens instruits.
Voyez, messieurs : on dit qu'un être
Extraordinaire va naître,
Un de ces jours, dans la cité.
Je ne ris pas ! On a cité
Je ne sais quelle prophétie,
Annonçant un certain Messie.
Des fariboles, quoi ! — Tenez, c'est comme si
Vous me disiez : « Patron, un ange sort d'ici. »
Des farces !...

LE BOEUF, d'une voix énorme.

Triple bœuf !

LE MAITRE, reculant avec terreur.

Qu'entends-je ?

Essayant de se remettre :

Suis-je bête ! voilà que j'ai peur, à présent.
Ce n'est rien, rien du tout.

L'ANE, à part.

Son trac est fort plaisant.

LE MAITRE, reprenant son aplomb.

Non, mais le voyez-vous, cet ange
Qui s'en viendrait faire un discours,
Pour vous dire : « Soyez bien sages!... »

L'ANE, de toute sa force.

Dieu! quel âne!

LE MAITRE, épouvanté.

Hein? quoi? toujours des bruits? Diantre! il faut que je flâne
Une ou deux heures sur le cours,
Pour désensorceler mes oreilles...

Musique. Le maître sort à droite. Le jour commence à baisser (1).

SCÈNE IV

L'ANE et LE BŒUF.

LE BŒUF (2)

C'est l'heure
Où Jésus va naître pour vous,

(1) Si l'on n'a aucun moyen de diminuer la lumière sur la scène et dans la salle, cela n'a pas d'importance. Pendant toute la durée de la pièce, il vaudrait mieux que la salle fût très peu éclairée, la scène l'étant plus ou moins, selon les indications du texte.

(2) Toute la scène IV doit être dite avec beaucoup d'émotion. La musique y aidera; mais il est nécessaire que l'Ane et le Bœuf n'aient rien de grotesque dans leur arrangement. La première impression de bizarrerie une fois dissipée, on doit pouvoir les écouter très sérieusement.

3.

Tristes hommes. Dans l'air flotte un parfum très doux.
　　　Oh! bienheureux celui qui pleure!
Car le Consolateur est tout proche, et ses mains
　　　Essuieront bien des yeux humains.

L'ANE

Le jour baisse; le bon Saint Joseph va paraître,
　　　Implorant un asile; et Dieu,
　　　Qui le mène en cet humble lieu,
Touchera, j'en suis sûr, le cœur de notre maître.
Qui me frôle? Est-ce un ange? Oui; je sens voltiger
　　　Un souffle suave et léger.

LE BOEUF, tourné vers l'Ane.

Nous nous garderons bien de mugir ou de braire,
　　　Pour ne pas effrayer l'Enfant;
N'est-ce pas, doux ami?

L'ANE, tourné vers le Bœuf.

　　　　　Tout en le réchauffant
De notre haleine, mon cher frère,
Nous pourrons contempler Jésus, frais et vermeil,
　　　Durant son gracieux sommeil.

LE BOEUF, face au public.

Quelle joie, ô mon Dieu, quelle indicible joie,
　　　Pour nous, pauvres bêtes, pour nous!
Ah! qu'il vienne, qu'il naisse enfin, et qu'on le voie!

L'ANE, de même.

Qu'il soit béni, Celui que le Seigneur envoie,
Par tous les êtres à genoux !
Quelle joie, ô mon Dieu, quelle indicible joie (1)!...

La musique s'éteint ; court silence ; le jour est tout à fait bas.
Le maître rentre en scène.

SCÈNE V

LE MAITRE, L'ANE et LE BŒUF.

LE MAITRE (2)

Tant pis ; je reste. Il fait un froid de loup dehors.
D'ailleurs, je ne sais pas ce que j'ai dans le corps,
Mais je me sens tout drôle. A ma grande surprise,
Il me semble qu'avec plaisir je me dégrise.
C'est comme si j'étais tout à coup soulagé
D'une terrible crampe. Ah ça ! qu'est-ce que j'ai ?

Court silence.

Brrr ! on gèle.

Il regarde à droite ; puis, face au public :

Pardieu ! la belle découverte !
J'ai laissé bêtement la porte grande ouverte.

(1) La musique ne doit s'éteindre qu'après ce vers. Un peu plus haut,
il a été dit une première fois par le Bœuf ; mais il faut attendre qu'il
ait été dit par l'Ane, pour cesser la musique.

(2) Sa voix n'est presque plus empâtée ; il n'appuie plus sur ce qui
pourrait être comique dans ses paroles.

Fermons-la.

Il se retourne vers la droite.

Tiens! qui donc approche de mon seuil?
Un vieillard, espérant sans doute un bon accueil.
Une femme le suit. Elle étouffe une plainte...
Drôles de gens (1)!

L'ANE

O Dieu, voici la Vierge sainte
Qui porte le salut de tous les êtres!

LE MAITRE

Bon :
La femme, en gémissant, s'arrête; et le barbon
L'installe sur mon banc de pierre.

LE BOEUF

Je frissonne.
La Mère du Seigneur, oui, sa Mère en personne,
Est assise devant la porte!

LE MAITRE, face au public.

Un étranger,
Cela se voit, qui vient pour se faire héberger...
Cet homme est malheureux (2)... Bien sûr; mais que m'importe

---

(1) Il dit cela entre ses dents, d'une façon plus étonnée que railleuse.
(2) Parole dite gravement. L'émotion commence; puis l'égoïste se ressaisit.

J'ai le plus vif désir de lui fermer ma porte,
Car il me gênerait, en somme...

Il regarde du côté de la porte.

Ah ! le voici.

L'ANE

Attendris ce cœur dur, ô divine Merci !

Il fait nuit. Musique tendre et suppliante. Saint Joseph entre par la droite ; il est nu-tête ; il tient un grand bâton recourbé.

SCÈNE VI

SAINT JOSEPH, LE MAITRE DE L'ANE ET DU BŒUF,
LES DEUX ANIMAUX.

SAINT JOSEPH, au Maître du logis.

Seigneur, ayez pitié ! ma pauvre femme est lasse,
Bien lasse. Voulez-vous nous faire cette grâce,
De nous loger ici, seigneur, par amitié ?
Elle souffre, et son terme approche. Ayez pitié
De la mère et du fruit de ses entrailles !

LE BŒUF (1)

Grâce,

Grâce au nom de l'Amour !

LE MAITRE, troublé.

Qui me parle à voix basse ?

(1) Les mots : *Grâce, grâce,* doivent être prolongés avec un accent suppliant.

SAINT JOSEPH

Nous n'avons rien : on nous repousse de partout.
Il fait nuit, et j'ai peine à me tenir debout ;
Ma femme sur un banc de pierre s'est assise.
Hélas ! je le vois bien, votre âme est indécise ;
Mais, je vous en supplie, ayez pitié de nous,
Seigneur !

LE MAITRE, après un silence.

Que vais-je dire ?

L'ANE

O Maître, il est si doux
De faire le bonheur des autres !

LE BOEUF

Pitié, maître !

LE MAITRE, de plus en plus ému.

Je me sens tout ému ; cette voix me pénètre...

SAINT JOSEPH

Dites, le voulez-vous ?

Le Maître se tait ; pendant un instant la musique seule se fait
entendre.

LE MAITRE, tout à coup.

Oui, je vous logerai,

Vieillard.

SAINT JOSEPH

Ah ! que mon cœur vous rend grâce !

LE MAITRE, transformé.

Malgré

Ma bassesse, j'éprouve une profonde joie,
Père, à vous dire : Entrez, c'est Dieu qui vous envoie.

Se tournant vers les animaux :

O mon âne, ô mon bœuf, me pardonnerez-vous ?
Car je vous accablais d'injures et de coups,
Moi qui, vingt fois le jour et du fond de mon âme,
Aurais dû vous bénir... Certes, je fus infâme ;
Mais vous ne savez pas le remords que j'en ai !

L'ANE

Maître, au nom du Sauveur Jésus, sois pardonné !

LE BŒUF

Sois béni, maître.

SAINT JOSEPH

Quoi ! j'entends parler ces bêtes ?

LE MAITRE

Je vous reconnais là, braves cœurs que vous êtes !
Merci, doux animaux. Nous vivrons désormais
Comme trois vieux amis d'enfance (1).

SAINT JOSEPH

        Tu permets
Ces choses, Dieu vivant, pour le salut des hommes.
Que ton amour est tendre !

                La musique cesse (2).

LE MAITRE

          Insensés que nous sommes!
Je me sens dévoré par un cuisant remords.
Votre femme, exposée au vent froid du dehors,
Doit vous attendre avec angoisse.

SAINT JOSEPH

            Oui, mon cher hôte;
J'aurais dû l'appeler.

LE MAITRE

        Non, non, c'est de ma faute.

(1) L'émotion doit être assez vive pour que l'on sourie à peine, ou point du tout.

(2) Dès qu'elle a cessé, les personnages parlent plus vite et sur un ton qui se rapproche davantage de la conversation ordinaire.

SAINT JOSEPH, ayant regardé à droite.

Voici qu'elle est debout.

LE MAITRE

Priez-la de venir.

Saint Joseph s'approche de la porte.

L'ANE

Nous n'avons plus de mots, Seigneur, pour te bénir.

La musique reprend.

SAINT JOSEPH, avec une profonde douceur.

Marie, ô mon enfant, ma pudique Marie !

LE MAITRE, très ému.

Grand Dieu ! comme elle est pâle !

SAINT JOSEPH

Allons, viens, je t'en prie,
Ma douce femme.

LE MAITRE

Hélas ! pauvre âme !

SAINT JOSEPH

Encore un peu
De courage, Marie. Espère en notre Dieu.

Lui seul nous a guidés : cet homme charitable
Veut bien que nous passions la nuit dans son étable.
Le temps de notre angoisse est près d'être fini ;
Dieu va te délivrer de ton fardeau béni.

Il s'avance, ouvrant les bras, vers Marie toujours invisible ; le Maître de l'Ane et du Bœuf, tourné du même côté, demeure immobile ; le rideau tombe lentement, tandis que la musique s'éteint peu à peu.

DEUXIÈME TABLEAU

LES BERGERS AUX CHAMPS

A gauche, l'entrée d'une maison de paysans, ayant la forme du mas provençal ; à droite, des oliviers, des pins, un amandier en fleur. Au fond, une vaste prairie ; tout au loin, des moutons dans un parc. Il fait nuit ; la pleine lune est à demi cachée par des nuages blancs.

SCÈNE PREMIÈRE

FARIGOUL, MYRTIL, MARJOLAINE.

Du côté où sont les arbres, une flûte imite le chant du rossignol (1). Le vieux berger et les deux jeunes gens gardent le silence jusqu'à la fin de la mélodie.

MARJOLAINE

Un rossignol !

MYRTIL

Il a chanté
Comme aux plus douces nuits d'été.

MARJOLAINE

Que sa voix est pure et touchante !

_____

(1) Le piano suffira, si l'on n'a pas de flûte. — On a commencé le prélude avant le lever du rideau.

MYRTIL

Mes yeux se voilent dès qu'il chante.

FARIGOUL

Il chante bien ; mais que dit-il ?
Moi, je le sais, mon fin Myrtil.

MARJOLAINE

Toi, Farigoul ?

FARIGOUL

Oui, Marjolaine (1).
Quand nos ouailles sont en plaine,
Tu ne parles qu'à tes fuseaux ;
Moi, je cause avec les oiseaux.

MYRTIL

Le bon Farigoul nous en conte.

FARIGOUL

Qui ? moi, mentir ? N'as-tu pas honte ?

MYRTIL

C'est vrai ; j'ai tort.

(1) L'accent paysan que je souhaite consiste, outre une espèce de chantonnement et une façon un peu lourde d'appuyer sur les mots, à ouvrir les voyelles fermées et à fermer les voyelles ouvertes : *Marjoléne* ; *en câge...*

FARIGOUL

Je suis certain
D'avoir bien compris son latin.
Bergers, le monde est en servage,
Dit le gai rossignol sauvage ;
Tous les hommes sont malheureux,
Car le démon règne sur eux.
Mais un joli prince va naître ;
A présent vous aurez pour maître
Un beau petit enfant de lait,
Dit le joyeux rossignolet.

MARJOLAINE

Il dit vraiment toutes ces choses ?

FARIGOUL

Oui, mot pour mot.

MYRTIL

Tu le supposes.

FARIGOUL

L'enfant nous aimera tout plein.
Malgré les griffes du Malin,
Il saura bien le mettre en cage,
Dit le rossignol du bocage.

Le rossignol chante de nouveau (1).

(1) Farigoul reprend la parole quand la musique s'est tue.

Hein, notre maître? quelle voix !

MYRTIL

Qu'a-t-il raconté cette fois?

FARIGOUL

Vous irez tous, dit son ramage,
Voir le mignon, lui rendre hommage,
Devant lui vous mettre à genoux.
L'enfant naîtra près de chez nous.

MYRTIL

Il me semble que c'est un rêve.
L'hiver, autour de nous, fait trêve ;
Le vent tiédit.

MARJOLAINE

Mais en quel lieu
Naîtra cet enfant du bon Dieu,
Pour qu'on aille lui rendre hommage?

FARIGOUL

Ça, je l'ignore.

MARJOLAINE

Ah! quel dommage
Si vous mentiez, rossignolet!

Le rossignol prélude à un nouveau chant.

FARIGOUL

Tiens! écoute un dernier couplet.

Ils écoutent en silence; puis Farigoul reprend :

Il dit, dans son joli langage,
Qu'il ne ment point ; il offre en gage
Le nid moelleux où sont blottis
Bien chaudement ses chers petits.

MARJOLAINE (1)

Pourrait-il offrir davantage ?

FARIGOUL

Dame ! il n'a point d'autre héritage
A leur laisser.

MARJOLAINE

Cher rossignol !

MYRTIL (2)

Oh! regardez!

MARJOLAINE

Il prend son vol...

(1) Elle ne fait pas une question. Elle pense : « Un oiseau n'a pas
autre chose à offrir... » L'intonation doit exprimer cela.
(2) Il va sans dire qu'il n'y a pas de rossignol. On le verra en esprit.

FARIGOUL

C'est qu'il a fini son message.
Maintenant, Myrtil, sois bien sage ;
Pas de bêtise ; et le bon Dieu,
Nonobstant maître Bartomieu,
Vous mariera dans la huitaine :
Je tiens la chose pour certaine.

MYRTYL

Si c'était vrai !

FARIGOUL

Quant au marmot
Dont l'autre nous a dit un mot,
Sûr, il naîtra ; Dieu sait le reste.
Moi, je m'éloigne, vif et preste,
Pour voir sommeiller mes brebis,
Flatter mon chien, mordre au pain bis
Que je frotterai de civette,
Et boire un coup. Bonsoir, fauvette.

MARJOLAINE

Bonsoir, ami.

Farigoul fait mine de s'en aller ; puis il se retourne brusquement.

FARIGOUL

Dis donc, Myrtil,
Ai-je le flair assez subtil?

MYRTIL

Oui, berger, tu sais bien des choses.

FARIGOUL, au public.

On dirait deux boutons de roses
Qui commencent à s'entrouvrir.
Dans quelques jours ça va fleurir...
Mais je parle comme une pie.
Allons, roule, vieille toupie!
Bonsoir, enfants.

MYRTIL

Bonsoir, berger.

Farigoul s'en va par la droite.

SCÈNE II

MYRTIL, MARJOLAINE.

MARJOLAINE

Comme l'air est doux et léger!

Lointaine musique.

4

MYRTIL

Le souffle d'un printemps merveilleux nous caresse (1).
La lune, avec des yeux tout noyés de tendresse,
    Nous regarde et sourit.

MARJOLAINE

Les grands arbres, Myrtil, nous parlent à voix basse.
Cette forme légère et brillante qui passe
    Est sans doute un Esprit.

MYRTIL

    Petite Marjolaine,
    Quelle suave haleine
    A passé sur les champs?
    Quel est ce doux mystère,
    Que l'oiseau solitaire
    Annonçait par ses chants?

MARJOLAINE

    La pauvre Marjolaine
Connaît bien ses agneaux vêtus de fine laine;
Mais peut-elle expliquer ce que son doux ami
    Ne comprend qu'à demi?

(1) Je signale une fois de plus la manie que l'on a souvent de couper les alexandrins en deux, quels que soient le sens et la coupe du vers. On dira : « Le souffle d'un printemps... merveilleux nous caresse .» Il faut se défaire de cette ridicule superstition de l'hémistiche.

MYRTIL

Petite Marjolaine,
Entends-tu dans la plaine
Une âme soupirer?
N'es-tu pas attendrie
Par cette voix qui prie,
Douce à faire pleurer?

MARJOLAINE

J'entends bien cette voix, très loin, dans la prairie ;
Je respire un parfum de luzerne fleurie,
Sans voir aucunes fleurs.

MYRTIL

Est-ce notre bonheur que la nuit nous présage?
D'où me vient cette joie, et pourquoi mon visage
Est-il baigné de pleurs?

La musique cesse.

MARJOLAINE

La voix se tait.

MYRTIL

Quelle merveille!
Il me semble que je m'éveille
D'un rêve si délicieux...
Des anges traversaient les cieux.

MARJOLAINE

Ai-je parlé tout endormie ?
Je ne sais plus.

MYRTIL

O mon amie,
Les arbres murmuraient entre eux
Que bientôt nous serions heureux.

Bartomieu est sorti de la maison sans être vu ; il écoute en
hochant la tête.

SCÈNE III

MYRTIL, MARJOLAINE, BARTOMIEU

MARJOLAINE

Ton père ne veut rien entendre.

MYRTIL

Cette nuit le rendra plus tendre.
Il a voulu nous éprouver ;
Mais il est bon.

BARTOMIEU, à part.

Je crois rêver,
Quand j'entends des bourdes pareilles.
Jacasse bien ; j'ai des oreilles.

MYRTIL

Il nous mariera sûrement.

MARJOLAINE

Myrtil, ce serait trop charmant.

MYRTIL

Il cédera si je l'en prie.
Tu seras ma femme chérie.

BARTOMIEU, à part.

Oui, compte là-dessus, mon fieu.
Bien sûr que maître Bartomieu
Fera sa bru d'une pauvresse.
Cause toujours ; ça m'intéresse.

MARJOLAINE

Hélas! s'il me donnait congé ?
Ma jeunesse est tout ce que j'ai ;
Tandis que lui, sa bourse est pleine.
S'il me chassait?

MYRTIL

O Marjolaine,
Ta richesse est dans tes beaux yeux,
Dans ton sourire gracieux,

4.

Dans ton âme pure et charmante.
Que nul souci ne te tourmente.

BARTOMIEU, à part.

Cornes du diable! quel benêt!
Il est jeune; ça se connaît.
Voyez-vous ça? tant de manières
Pour la dernière des dernières,
Une gardeuse de troupeau
Qui ne possède que sa peau?
Barbe de Dieu!

MYRTIL

Sois assurée
Que nous tiendrons la foi jurée.

BARTOMIEU, éclatant.

Ah ça, Myrtil, mauvais gamin,
Vas-tu bêler jusqu'à demain?

MYRTIL

Mon père...

BARTOMIEU

Assez.

A Marjolaine :

Mauvaise gale!

Mon nigaud de fils te régale
De cadeaux et de compliments...

MARJOLAINE

Mon maître, je...

BARTOMIEU

Tais-toi ; tu mens.
Tu n'as pas un sou dans ta poche,
Et tu fourres dans ta caboche
Que je te voudrai pour ma bru?

MYRTIL

Daignez m'entendre.

BARTOMIEU

Avez-vous cru
Que j'étais bon à mettre en terre?
Hein, dites?

MYRTIL

Mais...

BARTOMIEU

Veux-tu te taire ?
Je te défends de me parler.

Toi, guenillon, tu vas filer.
Ouste, à la niche !

Marjolaine sort à droite.

Et toi, béjaune,
Qui me fais un nez long d'une aune,
Tu n'auras jusqu'à demain soir
Que de l'eau claire et du pain noir.
Gare à la prochaine incartade !
Allons, va te coucher, pintade.

Myrtil entre dans la maison.

BARTOMIEU, seul.

Comme ça, je pourrai du moins
Caresser sans aucuns témoins
Certaine daube succulente
Que réduit une cuisson lente,
Et des tripes dont le fumet
Depuis deux heures m'embaumait.
En outre, avant que je me gave,
J'irai faire un tour à la cave,
Et j'arroserai mon repas
D'un vin qui ne me déplaît pas.
C'est toujours bon, quand je m'invite.
Mais il est tard ; couchons-nous vite.

Il rentre dans la maison.

SCÈNE IV

L'ARCHANGE GABRIEL, puis BARTOMIEU et MYRTIL,
ensuite FARIGOUL et MARJOLAINE.

Dès que Bartomieu est rentré, l'orchestre joue une courte symphonie pastorale. L'archange Gabriel entre en scène très lentement et il ne commence à parler que lorsque la musique a cessé.

GABRIEL

Levez-vous, pâtres endormis !
Prenez vos capes, mes amis ;
Il faut que je vous dise une grande nouvelle.

Bartomieu, puis Myrtil, invisibles pour le spectateur, parlent à l'intérieur de la maison.

BARTOMIEU

Quelle criarde bartavelle
Vient me réveiller en sursaut ?

GABRIEL

Lève-toi, Bartomieu ; viens ici.

BARTOMIEU

Quelque sot !

GABRIEL

Homme, ton Sauveur vient de naître.

BARTOMIEU

Myrtil! debout, Myrtil! Vite, ouvre la fenêtre ;
Je te sais plus hardi que moi.

GABRIEL

Je lui cause un terrible émoi.

BARTOMIEU

Voyons, drôle, es-tu mort?

MYRTIL

Mon père?

BARTOMIEU

Ouvre et regarde.
C'est pour sûr un de ces larrons
Qu'on a vus dans les environs.
Descends; fais aboyer bien fort le chien de garde.

GABRIEL

Votre chien ne me fait point peur...

Le chien aboie (1).

---

(1) On peut, dans la coulisse, imiter un aboiement; mais il vaut peut-
être mieux n'en rien faire. Gabriel sera censé imposer silence au chien
avant qu'il ait sérieusement aboyé.

Silence !

Le chien se tait.

Je vous porte une heureuse nouvelle.

BARTOMIEU

Assez ! tu nous romps la cervelle,
Et ton beau langage est trompeur.

Myrtil sort de la maison.

GABRIEL

Viens, Myrtil ; toi, du moins, j'espère
Que tu m'écouteras.

BARTOMIEU

Sois brave, mon fiston !
Fais-lui gagner le large à grands coups de bâton.

MYRTIL

Dieu ! qu'il est beau !

Se tournant vers la maison :

Venez, mon père.

BARTOMIEU

C'est que, dame, à l'heure qu'il est,
Je suis craintif comme un poulet.

MYRTIL

Oh ! n'ayez peur de rien.

BARTOMIEU

Bon ; j'y vais.

MYRTIL, extasié devant Gabriel.

Comme il brille !

On dirait un ange du ciel.

GABRIEL

C'est du ciel que je viens ; mon nom est Gabriel.

MYRTIL

Est-ce un rêve ? Est-ce bien réel ?

BARTOMIEU, sortant de la maison.

Un beau gas ; mais pas plus de barbe qu'une fille.

GABRIEL

Ne craignez nulle trahison.

MYRTIL

Ne nous ferez-vous pas, seigneur, la grâce insigne
D'entrer dans notre humble maison ?

GABRIEL

Enfant, c'est inutile.

BARTOMIEU

Oh! comme il a raison!

Mais, avec ses plumes de cygne,

Il a l'air d'un oiseau, tout de même.

Pendant le discours de l'Archange, Farigoul arrive sans bruit, et il écoute, immobile; Marjolaine vient peu après. Gabriel est au milieu; Bartomieu et Myrtil sont à gauche, Farigoul et Marjolaine à droite. Les cinq personnages forment un demi-cercle, cintré en arrière, dont les extrémités sont occupées par Farigoul et Bartomieu.

GABRIEL, avec une grande douceur.

Écoutez.

Adam, pauvres humains, vous a précipités

Dans le malheur et dans le crime.

Nous sommes, chaque jour, troublés par vos sanglots,

La mort vous tient; pour vous le Paradis est clos;

Qui vous sauvera de l'abîme?

BARTOMIEU, à part.

On est joliment mieux dans son lit.

GABRIEL, toujours avec douceur.

Écoutez.

En se chargeant du poids de vos iniquités,

Le Fils de Dieu vous en délivre.

L'adorable Sauveur, voyant l'homme éperdu,

5

Cette nuit, des hauteurs du ciel est descendu ;
Parmi vous il daignera vivre.

A peine il vient de naître, et je vous en instruis.
Une Vierge a porté le plus tendre des fruits
Dans ses entrailles ; une Vierge,
Entre toutes pudique et chaste ; et le Sauveur
Est né dans une crèche...

BARTOMIEU, à part.

Il me rend tout rêveur.
Quoi ! vraiment ? pas même à l'auberge ?

FARIGOUL

Donc il est né, ce cher petit !
Mon rossignol point ne mentit ;
Je vous prends à témoin, Myrtil et Marjolaine.
Mais, monsieur l'Ange, dites-moi,
Comment notre beau petit roi
N'a-t-il point de palais ? Serait-il dans la gène ?

GABRIEL

Il n'a rien au monde, berger.
C'est pour vous rendre plus léger
Le poids de la misère. Amis, le Roi des Anges
A voulu souffrir tous les maux.
Il dort entre deux animaux,
Dans une pauvre étable ; à peine a-t-il des langes.

MARJOLAINE

Comme je voudrais le bercer,
L'emmailloter, le caresser !

MYRTIL

Cher petit Roi sans équipage,
Tu n'as pas même un méchant page !

GABRIEL

Pauvreté nue, hiver sans foyer, langes froids,
        Faites-lui son apprentissage !
        Il grandira, toujours plus sage,
Pour mourir jeune encore, hélas ! et sur la croix ;
        Car le salut des créatures
        Sera le prix de ses tortures.

MYRTIL

Quel malheur, ô mon Dieu, s'il en doit être ainsi !

MARJOLAINE

Je sens se mouiller mes paupières.

FARIGOUL

Ce que vous dites là ferait pleurer des pierres.

BARTOMIEU, un peu troublé.

Ma foi, ça me remue aussi.

GABRIEL

Il mourra par le plus infâme des supplices,
Mais pour briser le dur tombeau,
Pour monter divinement beau,
Vers un lieu rayonnant d'éternelles délices
Où vous serez un jour admis,
Vous, les humbles, ses vrais amis.

BARTOMIEU, se ressaisissant.

Hurlugogu! voilà des choses bien étranges;
Pour les croire il faudrait les voir.

FARIGOUL

Vous avez donc bien du savoir,
Que vous ne croyez point la parole des anges?
Moi, je crois tout; et m'est avis
Que nous devons être ravis.

MYRTIL, comme en extase.

Avec lui ! pour toujours!

GABRIEL

Portez-lui vos hommages,
Des rois, mes amis, les rois mages,
Le cherchent dans la nuit pour l'adorer.

BARTOMIEU

Des rois ?

Fichtre ! un roi, c'est un personnage.

FARIGOUL

Oui, de vrais rois. Ils sont dans notre voisinage.
On les a vus. Ils étaient trois.

BARTOMIEU

Est-ce bien véritable ?

GABRIEL

Incrédule !

FARIGOUL

On assure

Qu'ils sont montés sur des chameaux,
Qu'ils baragouinent de grands mots,
Et que l'un d'eux est noir, noir comme une chaussure.

BARTOMIEU, toujours incrédule.

Ça n'est pas impossible.

FARIGOUL

O sacré Bartomieu !

GABRIEL

D'innombrables anges de Dieu

Vont errer dans le ciel jusqu'à la fraîche aurore
　En glorifiant le Très-Haut.

BARTOMIEU

Pourvu qu'ils chantent comme il faut,
Ça me fera plaisir.

GABRIEL

　　　Quoi! tu doutes encore?
Écoute bien.

BARTOMIEU

　　J'écoute bien.

Musique.

FARIGOUL

Quelle caboche de païen!
Autant faire un discours, tenez, à des murailles.

BARTOMIEU, troublé.

Cette musique...

MARJOLAINE

　　　Un chant très doux
Semble venir du ciel.

MYRTIL

Mon père, entendez-vous?

BARTOMIEU, à demi-voix, et très ému.

Comme ça vous prend aux entrailles !

CHŒUR D'ANGES INVISIBLES

Le Christ est né ! Le Christ est né !
Champs d'Israël, soyez en fêtes.
L'enfant prédit par les prophètes
    Vous est donné.

Cueillons ces lis, cueillons ces roses
Où brillent de célestes pleurs ;
Semons à pleines mains ces fleurs
    Dans l'ombre écloses.

La crèche auguste a rayonné ;
Jésus respire, ô saint mystère !
Gloire au Très-Haut, paix à la terre ;
    Le Christ est né !

Farigoul et les deux jeunes gens gardent une attitude recueillie ;
Bartomieu se détourne et pleure.

GABRIEL

Oui, pleure maintenant à chaudes larmes ; pleure...
Ils vont chanter ainsi jusqu'à l'aube. Ah ! c'est l'heure,
C'est l'heure de bénir l'ineffable bonté
Du Dieu qui nous créa, nous tous, tant que nous sommes

Gloire à Dieu dans le ciel ; paix sur la terre aux hommes
De bonne volonté (1) !

La musique cesse.

FARIGOUL

Nous sommes tous ravis. Dites-moi, notre maître,
Irez-vous saluer l'Enfant qui vient de naître ?

BARTOMIEU

J'irai tout repentant ; je baiserai ses pieds.

FARIGOUL

A la bonne heure, donc !

GABRIEL

Ses torts sont expiés.

A Bartomieu :

Va contempler Jésus et la Vierge Marie ;
Ton âme en restera pour toujours attendrie.
Ne t'enorgueillis plus d'avoir un peu de bien.
Qu'en feras-tu, pauvre homme, au jour suprême ? Rien ;
La moindre charité vaudra bien davantage.
Ne sois plus si hargneux ; fais l'aumône ; partage
Avec tes serviteurs un modeste repas,
Au lieu de festoyer lorsqu'on ne te voit pas...

(1) Cette fin est dite avec beaucoup d'ampleur. La musique cesse, et
Farigoul parle ensuite.

FARIGOUL

Ah ! père Bartomieu, je vous y prends, vieux drille !

GABRIEL

Regarde ces enfants, dont la jeunesse brille
D'un aussi pur éclat qu'une aurore de mai.
Vieillard, es-tu sans cœur ? N'as-tu jamais aimé ?
Tu railles leur tendresse ; et c'est chose barbare
Que, seul, ton âpre amour de l'argent les sépare,
Ces gracieux enfants que leur promesse unit,
Doux et tendres oiseaux faits pour le même nid !

BARTOMIEU

Je les marierai donc, et par-devant notaire,
Quand il m'en coûterait la moitié de ma terre !

MYRTIL, comme en extase.

Nous serons mariés. Dis-moi, te souvient-il
Des voix de cette nuit, Marjolaine ?

MARJOLAINE, de même.

O Myrtil !

MYRTIL

J'adore mon amie ; elle m'est bien plus douce
Qu'à l'oiseau nouveau-né son nid d'herbe et de mousse,

5.

Au jeune agneau son lait ou l'ombre au moissonneur ;
Mais je rêve à l'enfant qu'un Dieu bon nous envoie,
Et le bonheur de tous me donne plus de joie
    Que mon propre bonheur.

MARJOLAINE

Va, je suis bien heureuse ; et je perdrai la tête
Lorsque les violons, jouant des airs de fête,
Viendront me réveiller à l'aube du grand jour ;
Mais je rêve à Jésus, qui près d'ici repose,
Et tout au fond de moi je ressens quelque chose
    De plus doux que l'amour.

FARIGOUL, à Bartomieu.

Vous m'inviterez bien à leurs noces, j'espère ?

BARTOMIEU, gaîment.

Mais oui, vieux drôle.

FARIGOUL

    Hein, comme ils font bien la paire !
C'est jeune, c'est gentil, c'est frais, ça fait plaisir...

BARTOMIEU

Oui ; mais nous parlerons de la noce à loisir.
Vite, allons voir Jésus.

FARIGOUL

Quoi ! c'est lui qui nous prêche !

GABRIEL

Allez à Bethléem ; entrez dans une crèche
Qui brillera pour vous de splendides clartés ;
Vous y verrez l'Enfant et sa Mère. Partez.

FARIGOUL

Mais ne faudrait-il point, d'abord, que je me lave ?
Je fleure un peu trop l'ail pour être bien suave ;
J'en ai, depuis trois jours, farci mes escargots.
D'ailleurs, nous sommes faits comme des saligauds.

BARTOMIEU

C'est vrai. Si nous passions nos habits du dimanche ?

FARIGOUL

Pour lors on pourrait mettre une chemise blanche,
Quitte à l'ôter demain.

BARTOMIEU

                Bien sûr que tes habits
Sentent le lait qui tourne et le suint de brebis.

GABRIEL

Amis, ne tardez pas ; allez tels que vous êtes ;
Vous n'avez nul besoin de vos habits de fêtes.

Vous êtes les aimés du Seigneur Jésus-Christ.
Bienheureux, dira-t-il, les pauvres en esprit,
Car ils posséderont le céleste royaume !
O bergers, cette nuit est douce ; l'air embaume ;
L'hymne mélodieux des anges retentit ;
Allez, la joie au cœur, voir ce Dieu tout petit.

BARTOMIEU

Vous me permettrez bien d'emporter quelque chose,
Une bouteille ou deux de mon joli vin rose,
Plusieurs miches de pain, un fromage, des fruits...
On ne sait point parler comme les gens instruits ;
Mais on offre un cadeau.

MARJOLAINE

       Moi, j'ai deux tourterelles.
Ce fut ton premier don, Myrtil ; j'ai su par elles
Que tu pensais à moi. Si tu ne dis pas non,
J'en veux faire un présent à notre cher mignon.

MYRTIL

Je rêvais de t'offrir un agneau pour ta fête (1) ;
Jésus, si tu le veux, aura la douce bête.

(1) *Je rêvais de t'offrir un agneau...* Et non pas : *Je rêvais de t'offrir... un agneau pour ta fête.*

FARIGOUL

Que donnerai-je, moi ? Rien ; c'est tout mon avoir.
Oui, mais si l'Enfant pleure, il rira de me voir ;
Je ferai devant lui ma plus leste gambade,
Et je lui sonnerai bien gentiment l'aubade.

GABRIEL

Soit ; portez à Jésus de gracieux présents ;
Vous aurez, en retour, vos prés gras et luisants,
Abondance d'agneaux, de laine, de laitage ;
Plus tard le Paradis sera votre héritage...
Préparez-vous en hâte et marchez d'un bon pas.
Moi, je vais au village. Adieu. N'oubliez pas
L'ami toujours fidèle et plein de vigilance
Qui vous fit entrevoir le royaume des Cieux.
Ne me répondez rien ; je sais lire en vos yeux.
        Laissez-moi partir en silence (1).

Musique tendre et grave. Les paysans s'inclinent devant l'Archange, qui sort très lentement. Farigoul ne prend la parole que
lorsque la musique s'est éteinte (2).

(1) Cette fin est dite avec beaucoup d'émotion.
(2) Les personnages doivent s'incliner et se redresser très lentement
aussi ; ils gardent une attitude grave et recueillie jusqu'à la dernière
note de la musique. Puis un silence, et Farigoul parle.

SCÈNE V

BARTOMIEU, FARIGOUL, MYRTIL, MARJOLAINE.

FARIGOUL

Ravi ! ravi ! Je suis ravi !

BARTOMIEU

Appelons nos voisins ; ils viendront à l'envi.

FARIGOUL

Pardon ; j'ai quelque chose à dire.

BARTOMIEU

Quoi, mon brave ?

FARIGOUL

Une chose tout à fait grave.
Quand nous aurons vu le petit,
Nous reviendrons pleins d'appétit ;
Déjà, me semble-t-il, j'entends crier mon ventre !

BARTOMIEU

Ne crains rien, Farigoul ; je vous invite.

FARIGOUL, à part.

Diantre !

Il est changé, le maître.

BARTOMIEU

O le bon nez que j'eus
De faire mijoter ces tripes dans leur jus !
Elles seront à point. Près d'elles, jusqu'à l'aube,
Dans l'ail, l'huile et le vin se parfera ma daube.
Puis, au retour, j'irai cueillir en mon jardin
Le cerfeuil tout nouveau, la tendre ciboulette ;
Ça nous parfumera richement l'omelette ;
Et, comme il faut avoir la panse bien replète,
Nous ferons rissoler trois aunes de boudin !

FARIGOUL

Pourvu que l'on arrose
A grand coup de vin rose
Tripes, daube, omelette et boudin, ça me plaît.
Vive la boustifaille !

Regardant Marjolaine :

Mais, avant qu'on s'en aille,
Toi, délices du cœur, chante-nous un couplet.

MYRTIL

Oui, fais-nous ce plaisir.

FARIGOUL

Allons, vas-y, ma blonde !

MARJOLAINE

Moi, que je chante ? moi?

BARTOMIEU

Vas-y; n'importe quoi.

FARIGOUL

Nous prendrons au refrain !

MARJOLAINE, montrant le public.

J'ai peur de tout ce monde.

FARIGOUL

Ne crains rien : c'est des braves gens.

MARJOLAINE

Mesdames et messieurs, soyez donc indulgents.

Musique très vive. Marjolaine s'avance vers le public pour chanter; les hommes prennent avec elle au refrain.

CHANSON (1)

Jésus vient de naître;
Allons reconnaître
Pour notre Seigneur l'Enfant gracieux
Que Dieu nous envoie.
Tout est plein de joie;
Sur la terre on danse, on rit dans les cieux.

Noël ! Noël!
Sur terre on danse; on rit au ciel.
Noël ! Noël!

(1) Très vive et très gaie.

Prenez, je vous prie,
Pour charmer Marie,
Violons, hautbois, flûtes de roseaux
Qu'il est doux d'entendre ;
Au mignon si tendre
Vous apporterez de jolis oiseaux.

Noël ! Noël !
Sur terre on danse ; on rit au ciel.
Noël ! Noël !

Dans l'étable claire,
Afin de lui plaire,
Voleront partout grives et pinsons,
Fauvettes, mésanges ;
Le doux Roi des Anges
Sera tout ravi d'ouïr leurs chansons.

Noël ! Noël !
Sur terre on danse ; on rit au ciel.
Noël ! Noël !

Las ! je suis bergère,
Ma bourse est légère,
Mais je veux offrir à ce pauvre amour
Une chemisette,
Et, pour amusette,
Un lièvre mignon qui bat du tambour

Noël ! Noël !
Sur terre on danse ; on rit au ciel.
Noël ! Noël !

Jésus vient de naître ;
Allons reconnaître

Pour notre Seigneur l'Enfant gracieux
Que Dieu nous envoie.
Tout est plein de joie ;
Sur la terre on danse ; on rit dans les cieux.

Noël ! Noël !
Sur terre on danse ; on rit au ciel.
Noël ! Noël !

Le rideau tombe très vite.

TROISIÈME TABLEAU

L'ÉTOILE DES MAGES

Un lieu désert aux environs de Bethléem. Nuit splendide ; la lune est tout à fait dégagée des nuages. Au lever du rideau, deux rois mages occupent le devant de la scène ; le roi nègre est au fond. Tous les trois regardent le même point du ciel, tandis que s'élève une musique plaintive qui peu à peu s'évanouit. Le roi nègre s'éloigne ; les deux autres cessent de regarder le ciel.

SCÈNE PREMIÈRE

LE ROI INDIEN, LE ROI CHALDÉEN.

LE ROI INDIEN, face au public.

Disparue, ô douleur !

LE ROI CHALDÉEN, de même.

Hélas ! évanouie !

LE ROI INDIEN

Celle qui, rayonnant sur mon âme éblouie,
M'entraîna jusqu'ici du fond de l'Orient,
Celle qui me guida, plein de joie et priant,
Vers le mystérieux Sauveur qui devait naître,
S'est enfuie, et déjà le doute me pénètre...

La lune resplendit, ronde et couleur de miel,
Comme un large lotus sur le lac bleu du ciel,
Que fleurissent aussi les étoiles sans nombre;
L'air en est radieux; mais que m'importe? Une ombre
Affreuse m'envahit, puisqu'elle n'est plus là,
Celle qui, m'ayant vu pleurer, me consola.

LE ROI CHALDÉEN

Disparue, ô douleur !

LE ROI INDIEN

Hélas ! évanouie!

LE ROI CHALDÉEN

Quelle âme ne se fût chastement réjouie
De la pure splendeur et du sourire aimant
De cette vierge un soir éclose au firmament?
Moi, j'eus le cœur touché par sa grâce éternelle;
Car je la sentais vivre, et j'admirais en elle
Une divine sœur de mon âme... Parfois
Il me sembla vraiment que j'entendais sa voix;
Sa face me parut rayonner de tendresse;
Et, comme une pudique et lointaine caresse,
Un souffle qui rendrait envieuses les fleurs
Erra quelques instants sur mon visage en pleurs.

LE ROI INDIEN, tourné vers le roi chaldéen.

Pour qui s'est enivré d'une sainte espérance,
O mon frère! il n'est point de plus âpre souffrance
Que de se l'arracher violemment du cœur.

LE ROI CHALDÉEN, tourné vers le roi indien.

Sans doute, ainsi que moi, loin du rire moqueur,
Dans l'angoisse et longtemps vous l'aviez attendue,
L'amie aux purs regards qui pour nous est perdue?

LE ROI INDIEN

Oui; car j'avais cru lire en un texte secret
Que l'apparition de l'astre annoncerait
La naissance de Dieu parmi les hommes.

LE ROI CHALDÉEN

                         Frère,
J'ai nourri dans mon cœur cette foi téméraire;
Mais le doute cruel vint souvent m'assaillir:
N'en souffrîtes-vous pas?

LE ROI INDIEN

                 Je me sentais vieillir;
Et, je dois l'avouer, je n'espérais plus guère,
Quand tout à coup l'Étoile, invisible au vulgaire,
Flamboya dans le ciel pâle, et, me regardant,
Sembla me dire : « Viens, marche vers l'Occident. »

LE ROI CHALDÉEN

O poignant souvenir ! je pâlis et je tremble.

LE ROI INDIEN

Nous étant rencontrés, nous suivîmes ensemble
Notre miraculeuse amie ; et, ce matin,
Quand parut le soleil, nous tînmes pour certain
Que nous touchions au but du voyage mystique.
Nous goutâmes tous deux un bonheur extatique,
Tandis qu'autour de nous dormaient nos serviteurs ;
Et, le soleil couché, lorsque sur les hauteurs
S'alluma de nouveau notre Clarté bénie,
Nous partîmes avec une joie infinie.

LE ROI CHALDÉEN

Hélas ! et, tout à coup, l'Étoile au vol errant,
Après avoir brillé d'un éclat fulgurant,
Se fondit dans le bleu céleste...

LE ROI INDIEN

Plus de joie !

LE ROI CHALDÉEN

A quelle illusion sommes-nous donc en proie ?

LE ROI INDIEN

N'avons-nous pas rêvé ? La vîmes-nous jamais ?

LE ROI CHALDÉEN

Ah ! je ne sais plus rien, sinon que je l'aimais...

Le roi nègre s'avance vers les deux autres rois.

SCÈNE II

LE ROI INDIEN, LE ROI CHALDÉEN, LE ROI NÈGRE.

LE ROI NÈGRE

Rois sublimes, souffrez que le dernier des hommes
Ose parler devant votre face.

LE ROI INDIEN

                        Nous sommes
Vos frères attentifs, seigneur.

LE ROI CHALDÉEN

                        Il nous est doux,
Depuis ces quatre jours, de vivre auprès de vous ;
Mais vous semblez vraiment vous faire violence,
Lorsque, pour nous parler, vous rompez le silence.
Cher seigneur, traitez-nous en frères.

LE ROI NÈGRE

                        Je vous rends
Mille grâces ; merci ; vous êtes bons et grands ;

Moi, fils de Cham, je suis l'esclave de mes frères.
Mes paroles seront peut-être téméraires.
Tandis que vous doutez, moi, sans effort, je crois
D'un cœur inébranlable ; et pourtant, nobles rois,
Je porte, comme un signe affreux que rien n'efface,
La malédiction de Noé sur ma face.

LE ROI INDIEN

Mon frère, le Sauveur en qui vous avez foi
Fera fleurir la Grâce après la dure Loi ;
Mais la stricte justice abhorre l'esclavage,
Et nul peuple, pas même une tribu sauvage,
Non, pas un être humain n'est maudit devant Dieu.

LE ROI CHALDÉEN

Parlez donc librement, frère ; en ce calme lieu
Vous charmerez ainsi les longueurs de l'attente ;
Car il faudra sans doute y dresser notre tente.

LE ROI NÈGRE

O mes frères, j'ai lu peu de livres ; les cieux,
Dont j'ignore l'obscur langage, pour mes yeux
    Ne sont qu'un mystère splendide.
Quand je partis afin de voir l'Enfant divin,
L'astre miraculeux que vous pleurez en vain
    Ne fut pas mon céleste guide.

Dans cette monstrueuse Afrique d'où je sors,
J'ai vu l'homme écraser l'homme sans un remords,
 Toute multitude asservie,
D'horribles dieux, ouvrage informe de nos mains,
De rouges lacs de sang, des mers de pleurs humains,
 La mort plus douce que la vie.

Mais quelquefois, après le dur labeur du jour,
Mes pauvres frères noirs dansaient, ivres d'amour,
 Devant leurs misérables huttes.
Ils dansaient innocents, pleins de grâce, enfantins;
Leurs beaux yeux rayonnaient; des rires argentins
 Se mêlaient aux sanglots des flûtes.

Un soir, je dis au Maître inconnu : « Pense à nous ! »
Je demeurai longtemps, bien longtemps à genoux
 Dans la montagne solitaire,
Priant sans remuer mes lèvres, en esprit,
Pour que l'amour, un tendre et chaste amour, fleurît
 Éternellement sur la terre.

Une voix me cria : « Marche vers l'Orient !
Tu verras le Sauveur, doux être souriant,
 Né sur la paille d'une crèche. »
Alors, avec mes gens et mes bêtes, joyeux,
J'allai par le désert; et nous fermions les yeux,
 Rêvant d'eau vive et d'ombre fraîche.

6

Puis c'était l'oasis. De gracieux palmiers,
Pleins du roucoulement sauvage des ramiers,
    Se balançaient dans les airs calmes;
Et sous nos yeux, parfois, surgie on ne sait d'où,
Dans l'ombre une girafe élevait son long cou
    Pour atteindre de jeunes palmes.

Mais, le désert franchi, je me sentis troublé.
Je vis les champs où dort la semence du blé,
    L'arbuste qui vous donne à boire.
Hésitant, j'invoquai le Père en qui je crois;
La nuit vint; et voilà que votre Étoile, ô rois,
    M'apparut dans toute sa gloire.

Elle guida mes pas et je vous rencontrai.
Nous unîmes nos voix dans un hymne sacré;
    Nous versâmes des larmes saintes...
O mes frères, pourquoi doutez-vous maintenant?
La disparition du signe rayonnant
    Excuse-t-elle tant de plaintes?

Celui qui, de ses mains, dès le commencement,
Enchâssa dans le pur cristal du firmament
    Aldébaran et Bételgeuse,
Dieu, par qui votre Étoile éblouissante a lui,
N'avait-il pas le droit de rappeler à lui
    Cette immortelle voyageuse?

Ne peut-il donc, ô rois, susciter à l'instant
D'autres guides pour nous ?

LE ROI INDIEN

Hélas ! nous l'aimions tant !

LE ROI CHALDÉEN

Ne plus la voir ! Mon cœur se serre.

LE ROI NÈGRE

Mais il nous la rendra dans sa toute bonté,
Si nous nous inclinons devant sa volonté,
D'une âme pieuse et sincère.

LE ROI INDIEN

Vous l'espérez ?

LE ROI NÈGRE

Prions. Dieu, qui la fit pour nous
D'une telle splendeur et d'un éclat si doux,
Rallumera sa pure flamme.
Vous la verrez dans peu scintiller au-dessus
De l'étable bénie où va naître Jésus :
Je vous le jure par mon âme !

LE ROI CHALDÉEN

Vous ranimez ma foi défaillante : merci.

LE ROI NÈGRE

Le Seigneur a voulu nous éprouver ainsi.
Forts de cette vertu divine, l'espérance,
Remettons-lui le soin de notre délivrance.

LE ROI INDIEN

Le visible dessein sur nous de l'Éternel
Peut-être enfla nos cœurs d'un orgueil criminel ;
De là ce châtiment, que sa Grâce tempère.
Hélas ! qui sommes-nous ? Trois pauvres hommes. Père,
Si ton Fils bien-aimé doit saigner sur la croix,
C'est pour la race humaine, et non pas pour nous trois !

LE ROI CHALDÉEN

Peut-être aussi, car l'homme est chose bien fragile,
Et l'Ouvrier divin nous a pétris d'argile,
L'amour que cette vierge épanouie aux cieux
Tout à coup fit éclore en nos cœurs anxieux
Fut-il trop violent dans sa pureté même...
Moi, du moins, j'ai péché.

LE ROI INDIEN

Que la Pitié suprême
Daigne nous pardonner nos fautes !

LE ROI NÈGRE

Quittons-nous
Pour prier en silence.

LE ROI INDIEN

Allons; prier est doux.

Musique; les rois se retirent lentement. Farigoul entre en scène
après leur sortie et au moment où la musique va s'éteindre.

SCÈNE III

FARIGOUL

C'est moi, Farigoul, le vieux drôle.
Je suis presque au bout de mon rôle ;
Et j'aurai bientôt le chagrin
De m'en aller sans un refrain,
Car on dit que ma voix est aigre
Comme un verjus. Mais le roi nègre !
Ah ! c'est lui qui doit en savoir,
De fins couplets ! Je viens le voir.
Il est, dit-on, fait comme un masque.
Il a surtout un certain casque...
Enfin, suffit. Drôles de rois !
Je me régalerai des trois,
Puisque, paraît-il, tous ces mages
Sont flambants comme des images ;
Mais le thym et l'ail du fricot,
C'est, pour sûr, le roi moricaud...
J'ai lâché tout le monde en route,
Soi-disant pour casser ma croûte

6,

Et boire un coup ; car nous, les vieux,
Quand on est plein, ça roule mieux.
Mais je voulais me rendre compte.
C'est que, voyez-vous, on en conte
De si fortes dans le pays,
Que les sourds en sont ébahis.
Eh bien ! j'ai vu là, dans la plaine,
Où j'arrivais tout hors d'haleine,
Quelques jolis brins d'animaux ;
Des chameaux comme des chameaux ;
Des ânes tout couverts de raies ;
Des bêtes qui n'ont point l'air vraies ;
Des espèces de canetons
Plus hauts que moi ; de grands moutons,
Ayant long cou sur longues pattes,
Qui vous taquineraient les dattes
A même l'arbre ; et puis, tenez,
Une montagne avec un nez
Qu'elle allonge et qu'elle tortille
Comme une anguille qui frétille...
Ça, c'est assez farce, je crois !
Laissez-moi voir aussi les rois,
Et j'en aurai de ces histoires,
Pour ainsi dire bien notoires,
A débagouler tout l'hiver...

Le roi nègre est entré en scène, méditatif, la tête basse ; il n'aperçoit pas Farigoul. Peu après, les autres rois entrent isolément, absorbés dans leur rêverie. Farigoul, voyant le roi nègre, recule brusquement.

Bon Dieu de bois ! Ça m'a bien l'air
D'être le roi nègre...

Il l'examine avec une profonde attention.

Mazette !

Il est plus brun qu'une noisette ;
Point de blanc que le blanc des yeux.
Ah ! voici les autres messieurs.
Le jaune a des boucles d'oreilles.
Des magnificences pareilles,
Ça donne soif. Que d'affûtiaux !
« Mettons nos habits les plus biaux (1)... »
Dit la chanson. Fines peluches,
Beaux satins, plumes, fanfreluches,
Force pierres sur leurs bonnets,
De l'or partout : je m'y connais.
Ça n'y fait rien ; bien qu'il soit maigre,
J'en pince toujours pour le nègre.

A ce moment, le roi nègre aperçoit Farigoul.

(1) Ceci est fredonné.

SCÈNE IV

FARIGOUL, LES TROIS ROIS.

LE ROI NÈGRE

Père, que voulez-vous?

FARIGOUL, à part.

C'est qu'il parle à ravir.

Haut :

Mon nom est Farigoul, monsieur, pour vous servir.
Je ne veux rien. Nos gens doivent être à la ville;
Il faut qu'on les rejoigne. Excusez si je file,
Mais ils m'espèrent tous dans l'étable, où, bien sûr,
L'Enfant pleure après moi.

LE ROI CHALDÉEN

L'Enfant?

FARIGOUL

C'est un peu dur

A comprendre...

LE ROI INDIEN

Parlez, père, je vous en prie.

FARIGOUL

Il est né, ce dit-on, d'une Vierge.

LE ROI CHALDÉEN

O Marie,

Vous avez enfanté le Seigneur votre Dieu,
Vierge infiniment chaste.

FARIGOUL

Oui, ma foi, dans un lieu
Qui, pour dire la chose, est fait comme une étable.
Le petit vient du ciel. Rien de plus véritable.
Un ange a colporté la nouvelle chez nous.
Moi, j'avais flairé ça.

LE ROI INDIEN

La terre est à genoux,

Dieu clément...

LE ROI NÈGRE

O mon Christ!

FARIGOUL

D'ailleurs, c'est dans un livre.
Si le cœur vous en dit, vous n'avez qu'à me suivre.
Bethléem est tout près d'ici, messieurs les rois :
Et pour vous nos pays, dame, sont un peu froids ;
Vous pourriez prendre mal.

LE ROI INDIEN, au roi nègre.

Que dit mon noble frère

LE ROI CHALDÉEN, de même.

Irez-vous avec lui?

LE ROI NÈGRE

Non ; je pense, au contraire,
Que suivre le vieillard serait manquer de foi.
L'Étoile brillera.

FARIGOUL

Venez-vous? Ou bien quoi?

LE ROI INDIEN

Nous irons vous trouver, bon père, dans la crèche.

FARIGOUL

Voulez-vous boire un coup? Moi, j'ai la langue rèche.

LE ROI NÈGRE

Non ; laissez-nous prier.

FARIGOUL, à part.

Je les crois un peu fous.

Haut :

Demandez Farigoul si vous passez chez nous ;

On boira tout de même ensemble une verrée (1).
Bien le bonsoir, messieurs.

Les rois le saluent de la tête ; il sort. Musique tendre et recueillie.

SCÈNE V

LES TROIS ROIS.

LE ROI INDIEN

Que cette heure sacrée
Apportera de joie à tous les pauvres gens !
Les vrais rois, cette nuit, sont les plus indigents.
Il faut que le Seigneur reçoive les hommages
D'êtres simples et bons ; après, viendront les mages.
O sagesse de Dieu ! Des pâtres, avant nous,
Auront eu le bonheur de fléchir les genoux
Devant le radieux Jésus qui vient de naître,
Pour baiser tendrement les pieds de ce doux Maître !
Ah ! sois béni, Dieu juste, et fais qu'à notre tour
Nous puissions contempler le Fils de ton amour !

La musique cesse.

LE ROI NÈGRE

Que la crèche sera lumineuse et charmante !
Mais ne craignez-vous pas, et cela me tourmente,

(1) Une petite Bretonne chargée de ce rôle, et qui s'en acquittait merveilleusement, avait pris sous sa coiffe de remplacer *verrée* par *bolée*, pour se conformer à l'usage du pays, où l'on boit le cidre dans des bols.

Que mon visage noir effraie un peu l'Enfant ?
Il pourrait en pleurer.

LE ROI INDIEN (1)

Oh ! mon cœur me défend
D'accueillir cette crainte, ami.

LE ROI CHALDÉEN

Si quelque chose
Faisait pleurer Celui qui maintenant repose
Dans la paille où sa mère, heureuse, l'a couché,
Ce serait la noirceur de l'antique péché...

Sourds murmures (2) ; un nuage couvre la lune.

LE ROI INDIEN

Mais d'où vient ce murmure ?

LE ROI NÈGRE

Ah ! la lune se voile !

LE ROI INDIEN

Qu'il fait sombre !

LE ROI CHALDÉEN

Mon cœur tressaille.

(1) Si le roi indien n'était si grave, il aurait un imperceptible sourire
en faisant cette réponse.
(2) Traduits, cela va sans dire, par la musique.

LE ROI INDIEN

                              Chère Étoile,
Ne jailliras-tu pas de ces ténèbres ?

LE ROI CHALDÉEN

                    Viens,
Pour que nos yeux, levés encore vers les tiens,
S'enivrent de ta grâce, éblouissante amie !

LE ROI INDIEN

Notre foi, tu l'as vu sans doute, est raffermie ;
Jaillis, fleur de clarté.

LE ROI NÈGRE

                  Parais, ô notre sœur,
Et fais que nous goûtions l'ineffable douceur
D'ouïr ta voix céleste...

Musique scintillante ; l'Étoile apparaît, large et blanche, haut
dans le ciel. C'est une étoile à cinq pointes. Elle a un visage de
femme indistinct.

LE ROI INDIEN, dès qu'elle a paru.

Ah ! c'est elle !

LE ROI CHALDÉEN

                        C'est elle...

                              7

LE ROI INDIEN

La sublime beauté de sa face immortelle
Rayonne comme si, pour la première fois,
La vierge ôtait son voile argenté.

LE ROI NÈGRE

             Que ta voix,
Pour venir jusqu'à nous, pure et claire, s'élance,
Ame heureuse...

LE ROI INDIEN

Quels doux accords !

LE ROI CHALDÉEN

             Faites silence.

L'ÉTOILE, chantant.

Salut, rois, salut !
Le Seigneur voulut
Pour vous seuls créer une étoile aimante
Aux regards humains.
Par les longs chemins
J'ai guidé mes rois que l'amour tourmente.

Salut, rois, salut !
A Dieu même il plut
De vous imposer une dure épreuve ;
Mais loué soit Dieu !
Vous verrez dans peu
La Source d'amour où l'amour s'abreuve.

LE ROI INDIEN

Daigne, ô vierge, parler encore. N'est-ce pas
Que vers l'Enfant divin tu vas guider nos pas ?
Mêlée à cette fraîche et suave harmonie,
Ta voix parfume l'âme. Oh ! chante, sœur bénie !

L'ÉTOILE

Je vous guiderai
Vers le lieu sacré,
Vers l'étable où dort, sur la paille fraîche,
L'Enfant radieux.
Avant nos adieux
Je rayonnerai longtemps sur la crèche.

LE ROI CHALDÉEN

Mais, ô divine sœur vers qui je tends les bras,
Ensuite, et pour jamais, tu t'évanouiras,
Puisque ta mission d'amour sera remplie.
Que ferons-nous sans toi? Se peut-il qu'on t'oublie ?

L'ÉTOILE

Salut, rois, salut !
Dieu, qui vous élut,
Ouvrira pour vous la maison charmante
Où je resplendis ;
Dans le Paradis
Vous retrouverez votre Étoile aimante.

LE ROI CHALDÉEN

Que tes paroles sont admirables, ma sœur !

LE ROI INDIEN

Le vœu le plus secret que j'eusse au fond du cœur,
Dieu l'exaucera donc !

LE ROI NÈGRE, face au public.

Éternelles louanges,
Gloire éternelle à Toi que bénissent les Anges
En se voilant la face, ô Seigneur !

La musique cesse.

LE ROI INDIEN (1)

Chers amis,
Ne tardons plus ; les champs sont encore endormis,
Mais, dans trois heures, l'aube éveillera la terre.

LE ROI NÈGRE

Oui, partons.

LE ROI CHALDÉEN, regardant l'Étoile.

Guide-nous, ô vierge, avec mystère.

Le roi nègre, tourné vers la coulisse, appelle d'une voix forte
et joyeuse.

(1) Plus rapidement.

LE ROI NÈGRE

Debout, mes compagnons! Debout, frères, debout!
Plus de sommeil ; marchez vaillamment, et surtout
Ayez la joie au cœur. Allons, sanglez vos bêtes ;
Que dans leurs coffrets d'or les offrandes soient prêtes ;
Partons ; le but est proche. Et vous, musiciens,
Dont les âpres hautbois charmaient nos rois anciens,
Tandis que s'en iront à travers les prairies
Nos chameaux fatigués et lourds de pierreries,
Nos éléphants chargés d'or et de pur encens,
Rythmez la marche par de sauvages accents (1)!

Devant les rois qui contemplent l'Étoile, des éléphants et des chameaux avec leurs conducteurs, puis les bêtes les plus diverses, défilent au son d'une musique barbare et magnifique.

(1) Ces derniers mots sont lancés à pleine voix.

QUATRIÈME TABLEAU

L'ADORATION

La crèche apparaît toute resplendissante de lumière. En face de la scène, face au spectateur, la sainte Vierge est assise, serrant dans ses bras Jésus endormi. Saint Joseph, debout auprès d'elle, tient un lis à la main. L'Ane et le Bœuf sont à droite et à gauche du groupe formé par Joseph et Marie (1). Aux pieds de la Vierge on voit les splendides offrandes des rois et les cadeaux rustiques des bergers. A gauche, plus près du spectateur, les rois mages ; à droite, Myrtil et Marjolaine, Farigoul et Bartomieu (2). Au lever du rideau, l'orchestre joue une berceuse. Toutes les paroles de la Vierge doivent être chantées.

SCÈNE UNIQUE

LA SAINTE VIERGE et L'ENFANT JÉSUS, SAINT JOSEPH,
LES ROIS MAGES,
MYRTIL, MARJOLAINE, BARTOMIEU, FARIGOUL ;
UN CŒUR D'ANGES INVISIBLES.

LA SAINTE VIERGE, chantant.

Jésus, mon amour, dors bien, je t'en prie,
Ne fais pas pleurer ta mère chérie ;
Dors entre mes bras jusqu'au jour naissant,
Dors, pauvre innocent.

(1) Un peu dissimulés, si l'on a figuré un vrai âne et un vrai bœuf ; tout à fait invisibles, si les acteurs avaient simplement une coiffure et un manteau symboliques.
(2) Les deux vieillards, qui n'ont rien à dire, sont au second plan. Myrtil et Marjolaine, seuls, sont à genoux.

Bien que nous n'ayons, en ce froid décembre,
Ni de beau feu clair égayant la chambre,
Ni linge embaumé, ni moelleux berceau,
   Dors comme un oiseau.

Myrtil et Marjolaine se lèvent.

MARJOLAINE

Vierge plus belle que la rose,
On ne sait rien dire chez nous.
J'aurais bien pu rester jusqu'à l'aube à genoux;
   Mais vous parler, hélas! je n'ose.

Ah! Notre-Dame, je le vois,
Vos regards ne sont point sévères.
Ne refusez donc pas ces fraîches primevères,
   Hier écloses dans nos bois.

Vous regardez mes tourterelles?
Je n'ai rien de plus précieux.
Acceptez-les aussi; je vois bien dans vos yeux
   Que vous serez tendre pour elles.

MYRTIL

Voici le pain de la maison,
Le meilleur vin de nos vendanges,
Des pommes et des noix... Pardon, Reine des anges;
   Ce sont les fruits de la saison.

L'agnelet que je vous apporte

Chaque jour mangeait dans ma main.

Je l'ai bien caressé tout le long du chemin ;

Pauvre petit! sa mère est morte.

Acceptez mon agneau chéri,

Pour que Jésus l'aime et le choie,

Et ne refusez point, Marie, ô notre joie!

Ce rameau d'amandier fleuri.

LA SAINTE VIERGE

Jésus, mon mignon, les charmantes choses!

De beaux fruits, des fleurs fraîchement écloses,

Des oiseaux du ciel, un doux agnelet

Plus blanc que le lait.

Dors, petit oiseau du bon Dieu ; sommeille,

Sommeille longtemps, ma rose vermeille.

Vers tes bons amis, demain, tu tendras

En riant tes bras.

SAINT JOSEPH

Beaux jeunes gens, combien votre bonté nous touche!

On sent que votre cœur parle par votre bouche.

L'Enfant, à son réveil, sera joyeux aussi ;

De son plus doux sourire il vous dira merci.

Les mages s'avancent tour à tour pour adresser la parole à Joseph et à Marie.

LE ROI INDIEN

O saint vieillard, et vous, la plus pure des âmes,
Vous qui fûtes bénie entre toutes les femmes,
    Vous, la mère de votre Dieu !
Ce n'est pas sans un peu de crainte que les mages
Sont entrés, pour offrir à Jésus leurs hommages,
    Dans ce doux et paisible lieu.

J'admire ces enfants et je leur porte envie ;
Mes paroles seront traînantes et sans vie,
    Sans nulle grâce auprès des leurs.
Hélas ! nous sommes rois ; notre richesse est grande ;
Mais pourrions-nous jamais présenter une offrande
    Plus délicate que ces fleurs ?

Qu'ai-je dit ? Le seul Roi, Vierge consolatrice,
N'est-il pas né de vous ? Que son sceptre fleurisse,
    Que son règne commence enfin !
Lui, soleil de justice et splendeur de son Père,
Lui, Jésus, est le Prince en qui le monde espère ;
    L'or cerclera son front divin.

Oui, dans le Paradis, après le jour suprême,
Jésus victorieux ceindra son diadème
    Fait d'éblouissante clarté.
C'est pourquoi j'ai voulu, bien que j'en fusse indigne,
Lui présenter ici l'or de la terre, en signe
    De sa mystique royauté.

SAINT JOSEPH

Seigneur, je n'en crois pas mes yeux et mes oreilles.
Jamais nous n'avons vu de richesses pareilles.
Cet or est pour l'Enfant ?

LE ROI INDIEN

Oui, père.

SAINT JOSEPH

Tous les trois,
Soyez les bienvenus. Mais que dire à des rois ?

LE ROI CHALDÉEN

O juste, et vous aussi, Vierge silencieuse,
Vous, la chaste demeure et l'arche précieuse
            Où votre Dieu s'est reposé,
Me pardonnerez-vous de troubler vos délices
En vous parlant de mort et d'infâmes supplices ?
            Vous en aurez le cœur brisé.

Mais comment écarter ces visions funestes ?
Voilà qu'il s'est fait chair, le Roi des chœurs célestes,
            Devant qui se courbent les rois.
Sa couronne sera sanglante, aiguë, affreuse ;
Il entendra longtemps sa Mère douloureuse
            Sangloter au pied de la croix...

LA SAINTE VIERGE

Jésus, mon Jésus, pauvre agneau si tendre,
Ah ! les mots cruels que je viens d'entendre !
J'ai le cœur percé d'un glaive de feu,
    Mon Jésus, mon Dieu !

LE ROI CHALDÉEN (1)

Hélas ! puisque sa mort est le salut des hommes,
Ne nous maudissez pas, nous, pécheurs que nous sommes,
    Pour qui votre Fils doit mourir.
Ayez pitié de nous ! grâce au nom de nos mères !
Souriez-nous parfois sous vos larmes amères,
    Dont la source, un jour, doit tarir.

Lorsque le Fils de l'Homme aura bu le calice,
Vous, sa mère, en baisant les marques du supplice,
    Vous ensevelirez son corps.
C'est pourquoi, le cœur gros de larmes, je vous prie
De recevoir en don funéraire, ô Marie,
    La myrrhe embaumeuse des morts.

LA SAINTE VIERGE

Si tu dois mourir pour sauver la terre,
Que cela, du moins, te soit un mystère.
Sans même rêver que tu souffriras,
    Dors entre mes bras.

(1) La musique soutient les deux strophes qui suivent.

LE ROI NÈGRE

Homme cher au Seigneur, et vous, Mère admirable,
Le Christ a revêtu notre chair misérable,
    Mais il règne éternellement.
D'où sort cette clarté ? qui donc vient sur les nues ?
C'est Lui. Je vois trembler de pauvres âmes nues
    Au clair soleil du Jugement.

Hélas ! il est trop vrai, nos crimes sont palpables,
Et vous êtes le seul refuge des coupables,
    Vous, sans tache parmi les lis !
Porte heureuse du ciel, c'est vers vous que je crie ;
Intercédez pour nous : quelle mère, ô Marie,
    Ne peut tout sur le cœur d'un fils ?

Attendrissez le Juge au visage sévère,
Puisque, malgré le sang versé sur le Calvaire,
    Notre salut n'est pas certain.
Étoile de la mer, brillez, pure et sublime !
Ne laissez pas sombrer nos âmes dans l'abîme,
    Divine Étoile du matin !

Ouvrez-nous le chemin de la vie éternelle ;
Soyez tendre pour nous ; montrez-vous maternelle,
    Même à qui le mérite peu !

Rose du Paradis, mystérieuse Rose,
Aux pieds de votre Fils, en tremblant, je dépose
    L'encens que nous devons à Dieu.

SAINT JOSEPH

Seigneur, je suis troublé. Pauvre enfant! pauvres hommes!
Hélas! des suppliants, voilà ce que nous sommes,
Nous tous, même les rois, nous tous, même les saints.
Le seul Maître, c'est Dieu. Quels que soient ses desseins,
Inclinons-nous devant la sagesse infinie
Qui fait naître Jésus d'une Vierge bénie...
Pauvre enfant! pauvre mère! ah! douleurs sur douleurs!
Mais, dans le Paradis, pour essuyer ses pleurs,
Elle aura les baisers de son Fils, et sa joie
Ne finira jamais.

Aux rois mages :

        Vous, que Dieu nous envoie,
Vous avez honoré, seigneurs, cet humble lieu ;
Vos dons et vos discours sont dignes du vrai Dieu.

Musique céleste.

CHŒUR D'ANGES INVISIBLES

Marie, écoutez la chanson des anges !
Dans l'ombre nous vous admirons.
A vos pieds inclinant nos fronts,
Nous balbutions vos chastes louanges.

SAINT JOSEPH

Oh ! quel chant merveilleux !

LE ROI INDIEN

Invisibles pour nous,
De célestes Esprits sont dans l'ombre à genoux.

LE ROI CHALDÉEN

Leur encensoir suave et léger se balance
Aux pieds de cette Mère admirable.

LE ROI NÈGRE, d'une voix très douce.

Silence !

LE CHOEUR

On ne trouvera dans votre tombeau
Que des roses blanches, Marie ;
Nous vous emporterons fleurie
Vers le Paradis si clair et si beau.

Les rois et les bergers s'agenouillent.

LA SAINTE VIERGE

Dors, mon Bien-aimé, dans tes pauvres langes.
Un jour, transportée au ciel par les anges,
Ta mère, ô mon Fils, parmi les élus
Ne pleurera plus.

LE CHŒUR

Dors, petit Jésus, dans tes pauvres langes ;
Invisibles, nous te berçons.
Au murmure de nos chansons
Dors paisiblement, petit Roi des Anges.

L'orchestre continue à jouer ; la toile tombe très lentement.

FIN

11071-00. — CORBEIL. Imprimerie ÉD CRÉTÉ.

www.ingramcontent.com/pod-product-compliance
Lightning Source LLC
Chambersburg PA
CBHW060828250626

47162CB00005B/1985